Les aventures d'Odilon

Sophie RICHARD-LANNEYRIE

Les aventures d'Odilon

Tome 2

La forêt

Roman

Loi n°49-956 du 16 juillet 1949 sur les publications destinées
à la jeunesse, modifiée par la loi n°2011-525 du 17 mai 2011.

Édition : BoD · Books on Demand GmbH, In de Tarpen 42,
22848 Norderstedt (Allemagne)
Impression : Libri Plureos GmbH, Friedensallee 273,
22763 Hamburg (Allemagne)

ISBN : 978-2-3225-1585-1
Dépôt légal : Novembre 2024

Ouvrages de Sophie Richard-Lanneyrie

Aux Éditions BOD :
Romans et Nouvelles
Les Contes de Sophie
Un Monde de Femme
Les aventures d'Odilon
Les aventure d'Odilon Tome 1, Tome 2 et Tome 3 (Versions illustrées)
Le trésor du Pirate
La fille du Vent
Les apprentis anges gardiens
Essais
Les grandes histoires de la mythologie.
Une histoire de la communication au travers de la création et de la transformation de l'espace public.
La vie et l'histoire des Salons des XVIIème et XVIIIème siècles.

Aux éditions Le Génie :
Livres de cours et exercices
Histoire et Théorie de la communication : bagage culturel et pratique pour l'analyse critique
Les Clés du Marketing
Exercices de Marketing
Dictionnaire du Marketing
Les Clés du marketing International
Exercices de marketing international
Annales d'Étude de Cas BTS Communication Pochette F1, F2 et Étude de cas BTS Communication (Directrice de Collection)
12 cas de communication d'entreprise (théorie, méthodologie et pratique)
Essai (Collection Les mini-génies)
L'E-marketing
Le mobile-marketing
La délocalisation
La PNL
Le Coaching

Sous le pseudonyme de Sophie Chalandry
Contes féériques et extraordinaires.
Nouvelles policières et mystérieuses.
Contes maritimes et bucoliques (Edités aussi en Livre Audio)

Contact auteur : sophie.richardlanneyrie@yahoo.fr
Site Internet : http://sophie-richardlanneyrie.fr
Blog : http://sophierichardlanneyrie.overblog.com/
Chaine YouTube : http://@SophieRichardLanneyrie

TOME 2

LA FORÊT

Chapitre XXIV

Panta Rei

Odilon continuait sa progression dans la forêt. À mesure qu'il avançait, il se sentait de plus en plus paralysé par la peur. Il ne conduisait même plus son cheval qui allait tout seul. Il aurait voulu être plus vieux de plusieurs heures, être déjà arrivé à sa cabane.

Il sursautait au moindre hululement d'un hibou, au moindre froissement d'herbes. Il s'arrêtait, dès qu'il entendait des branches d'arbres craquer, à terre, tout près de lui.

Il se disait que c'était au-dessus de ses forces de continuer son chemin lorsqu'il sentit une présence tout près de lui. Il distinguait mal avec l'obscurité et il n'osait pas parler, de peur qu'on lui réponde. Il se sentit soulagé lorsqu'il reconnut la voix de Maître Hann.

- Alors mon garçon, lui dit le vieux sage, tout va bien ?
- Ah ! C'est vous Maître Hann, répondit Odilon en poussant un soupir de soulagement. Vous m'avez fait une telle peur !
- À ce que je vois, je ne suis pas le seul ? dit le vieil homme en constatant l'état d'excitation dans lequel Odilon se trouvait.

- Peut-être pourriez-vous m'aider ? Je suis mort de peur. Je ne peux plus avancer. Je crois que je vais rester là, à attendre que le temps passe !

- Et si nous avancions ensemble ? suggéra Maître Hann. Te sentirais-tu plus en sécurité ?

- Oui... je crois ! s'exclama Odilon. Je me sens déjà soulagé depuis que vous êtes arrivé !

- Ah ? Alors... Allons-y !

Ils avancèrent ainsi, côte à côte, pendant quelques minutes, puis le vieux sage questionna Odilon.

- De quoi as-tu peur ?

- Je ne sais pas, reconnut Odilon. De tout !

- Mais ne connais-tu pas cette forêt ?

- Pour sûr que si ! Je venais souvent ici, il y a encore quelques mois. Je la connais comme ma poche cette forêt. J'en connais même tous les recoins !

- Et bien alors, de quoi as-tu peur ? insista doucement le vieux sage.

- Mais vous n'entendez pas ? répondit Odilon en faisant allusion aux bruissements de feuilles, aux frottements d'ailes et autres hululements qui résonnaient autour d'eux.

- Si, j'entends. Mais tous ces bruits ne te sont-ils pas familiers ? Ne les entendais-tu pas quand tu venais dans la forêt auparavant ?

- Si, mais je n'y faisais pas attention. Ce n'était pas le même contexte. Aujourd'hui, cela me semble terrifiant !

- De quel contexte parles-tu ? demanda le vieux sage

- Mais des soldats qui sont à mes trousses ! Et puis de ces hommes qui rôdent dans la forêt...

- Les connais-tu ?

- Non ! admit Odilon.

- Alors de quoi as-tu peur ? De quelqu'un que tu ne connais pas ?
- J'ai peur de ce que l'on m'en a dit, répondit sèchement Odilon
- Donc, ce n'est pas de ces hommes dont tu as peur, mais tu as peur de l'idée que tu t'en fais.
- Comment cela ?
- Tu te trompes sur ta peur. Tu as peur de l'idée que tu te fais des choses que l'on t'a dites et ton imagination fait le reste.
- Mon imagination ? interrogea Odilon perplexe.
- Tu crains de ne pas être à la hauteur, de ne pas savoir comment faire face, comment réagir. En somme, tu as peur de toi ! conclut Maître Hann.
- Mais, ce sont des monstres ces hommes ! s'insurgea Odilon.
- Qu'en sais-tu ?

Odilon fit part au vieux sage de ce que Robert, le maréchal-ferrant, lui avait dit.

- C'est bien ce que je disais, insista Maître Hann. Ce ne sont que des rumeurs. As-tu la preuve de la véracité de ces propos ?

Odilon ne répondit pas tout de suite.

- Non, finit-il par dire. Bien sûr, je n'ai pas eu le temps de vérifier ce que m'a dit Robert, mais il me semble évident que je peux lui faire confiance.
- Robert a juste voulu te mettre en garde, expliqua Maître Hann. Que tu sois sur la défensive : c'est bien. Mais ce qu'il faut, c'est te préparer intérieurement à affronter les obstacles que tu es susceptible de trouver sur ta route. Si tu n'y es pas préparé,

alors la peur te paralysera tandis que si tu as su cultiver tes qualités profondes, tu seras invulnérable et parfaitement serein devant les évènements. C'est ainsi que tu sortiras victorieux de tes épreuves et que tu te rendras maître de ton destin.

- Mais vous rendez-vous compte que je n'ai pas vraiment le temps de me préparer comme vous dîtes ! s'insurgea Odilon. Je suis susceptible de rencontrer d'un moment à l'autre des coupe-jarrets ou de tomber dans des trappes si profondes que je risque d'y être enterré vivant ! Comment voulez-vous que je n'y pense pas ?

- Chaque chose en son temps reprit calmement Maître Hann. Tu vis actuellement une succession d'évènements qui te barrent la route et contre lesquels tu ne peux rien. La crainte te paralyse. La seule chose à faire est d'attendre le bon moment pour agir. Les flots ne resteront pas déchaînés éternellement. Attends donc que la tempête se calme.

- Alors que dois-je faire ? demanda Odilon dépité.

- Te dire par exemple que toutes les épreuves que tu rencontres ne sont jamais insurmontables : elles ne dépassent jamais tes possibilités. Et si tu fais preuve de courage, de persévérance, de volonté, tu en viendras à bout et tu en sortiras grandi.

- Je crois pourtant que je suis courageux.

- C'est très bien ! s'enthousiasma le vieux sage. Le courage est une vertu, car c'est le juste milieu entre la témérité et la lâcheté. Il faut être modéré en tout, ne pas être trop excessif.

- Alors, vous pensez que je dois pouvoir mieux me contrôler ?

- Oui. Ressaisis-toi ! Pour le moment, il faut te mettre en sécurité.

- C'est ce que je suis en train d'essayer de faire, il me semble ? ironisa Odilon agacé. J'aimerais tellement que tout cela ne soit qu'un mauvais rêve, que je me réveille et que tout soit rentré dans l'ordre.

- Cela viendra ne t'inquiète pas, rassura Maître Hann
- Je me demande bien quand ? interrogea Odilon songeur
- Dans la vie, tout change perpétuellement. Regarde ton corps, il vieillit. « Panta Rei » : tout s'écoule, tout fuit !
- Comment ?
- Les cycles de vie sont ainsi faits, que nous connaissons tous des périodes de profit et des moments de perte. C'est la raison pour laquelle pour éviter de se retrouver dans le dénuement dans les moments de pertes, il faut savoir économiser, engranger, dans les périodes de profit. Et cela est valable dans tous les domaines de l'existence.
- Tout est tellement embrouillé dans ma tête, pesta Odilon. Et, il fait si noir dans cette forêt ! Si seulement on y voyait un peu plus clair.
- Je peux faire quelque chose pour toi, dit Maître Hann. Fofu ? Tu es là ?

Une lumière scintilla soudain devant Odilon.

- Oui Fofu est là ! répondit celui-ci. On m'a appelé ? Mon maître ?
- Fofu, je te présente Odilon, tu voulais tellement le connaître. Maître Hann présenta Odilon d'un signe de la main. Tu vas pouvoir l'aider.
- Odilon ?! s'exclama Fofu. Fofu est très honoré, mon maître, de faire votre connaissance.

Fofu fit une profonde révérence. Se courbant à outrance, il manqua de perdre l'équilibre et se redressa extrémiste.

Odilon souriait. Il regardait d'un air songeur ce petit être, comique, s'ébattre au-dessus de la crinière de son cheval.

- Mais, s'écria soudain Odilon, c'est un lutin ?
- Oui, Fofu est un lutin et mon fidèle compagnon acquiesça Maître Hann. Pourrais-tu nous donner un peu de lumière, Fofu. Il fait très noir dans cette forêt et Odilon te serait très reconnaissant si tu éclairais son chemin.
- Lumière ? Chouette ! Je redeviens un feu follet. Yourra ! Yourra ! Vos désirs sont des ordres, Môsieur !
- Mais ne joue pas à l'Egarou, je te prie !
- Egarou ? Egarou ? Comment se fier à un lutin ?...Hi hi hi...

Soudain, une petite boule de lumière se balança devant les yeux d'Odilon éclairant faiblement le chemin devant lui.

- Qu'est-ce qu'un Egarou ? demanda Odilon perplexe
- L'Egarou, expliqua Maître Hann, t'attire avec sa petite lumière qui brille dans le noir et te fait t'enfoncer, si profond, dans la forêt que tu te perds et que tu risques de n'en plus jamais sortir !
- Euh... Fofu est bien là pour m'aider, ne m'avez-vous pas dit ? demanda Odilon avec inquiétude
- Oui, ne t'inquiète pas ! Tant que je suis là, il m'obéira.
- Vous me rassurez ! ironisa Odilon.

Ils firent quelques pas, puis Odilon demanda.

- Je ne sais pas comment faisaient nos ancêtres pour se diriger dans la nuit ? Mais je crois que je ne suis pas aussi doué qu'eux ! J'ai peur de me perdre !

- Fais comme les marins d'antan : ils se guidaient le jour, en suivant la position du soleil et la nuit, celle des étoiles.
- Comment s'y prenaient-ils ?
- Prenons l'exemple des Grecs. Comme les Phéniciens, ils étaient capables d'identifier certains vents d'après leur direction, leur puissance, leur température ou leur degré d'humidité.
Ils ne leur restaient plus qu'à tracer approximativement sur une tablette circulaire les « chemins » empruntés par ces vents. Et les navigateurs n'avaient plus qu'à se reporter à ces tablettes pour se diriger : ces tablettes furent appelées « Roses des Vents ».
Te rends-tu comptes que, les Phéniciens, qui étaient de grands navigateurs, savaient déjà que la constellation de la Petite Ourse leur indiquait le Nord !

- Et ces hommes arrivaient à se diriger même la nuit ? s'exclama Odilon admiratif.
- Absolument ! Certains se servaient des étoiles. Les anciens Polynésiens, par exemple, repéraient la position de certaines îles en fonction de la position des étoiles. Et, lorsque l'étoile qui les guidait disparaissait à l'horizon, ils en choisissaient une autre qui suivait sensiblement la même course et ainsi de suite.
- Mais si la nuit était sans étoiles ? questionna Odilon malicieusement
- Ce n'était pas un problème. Les Polynésiens savaient déchiffrer l'océan. Leur connaissance de la mer et du ciel se transmettait de père en fils et s'enrichissait, ainsi, au fil des siècles.
Les plus expérimentés connaissaient l'aspect de la houle et des moindres courants. Ils savaient pressentir si les courants risquaient ou non de les faire dévier de leur route.

De la même façon, le rythme régulier ou agité de la houle leur permettait de déterminer s'ils se dirigeaient loin de la terre ou s'ils allaient rencontrer une zone d'îles ou de récifs.

-       Et si la mer était calme ? insista Odilon cherchant à déstabiliser le vieux sage.
-       Alors, ils se servaient des nuages pour savoir si la terre était proche ou lointaine. Même par nuit noire, la proximité d'une île leur était signalée par des « éclairs sous-marins »
-       Qu'est-ce que c'est ?
-       Ce sont des sortes de traînées phosphorescentes qui sont émises, sur les hauts-fonds qui bordent la côte, par des animaux planctoniques.
-       Cela veut dire que les cartes géographiques existent depuis bien longtemps ?
-       Pythéas, au IVème siècle avant notre ère fut le premier à utiliser le soleil pour établir la latitude.
-       La latitude, reprit Odilon, c'est-à-dire la distance au Nord et au sud par rapport à l'Équateur ?
-       C'est exact. Puis, Ptolémée, au IIème siècle, se servit des résultats de Pythéas pour établir ses cartes du monde.
-       Je crois que Pythéas imaginait la Terre fixe au centre de l'Univers, précisa Odilon.
-       Tout à fait. Aristote, lui, supposait la terre sphérique et pensait aussi qu'elle se trouvait au centre du cosmos.
-       Puisque vous parlez d'Aristote, les premiers philosophes n'avaient-ils pas leur propre conception de l'astronomie ? interrogea Odilon passionné.
-       Comme je te l'ai dit lors de notre dernière rencontre, ces penseurs avaient écouté le discours des Chaldéens. Tu te rappelles Anaximandre, dont nous parlions l'autre fois ?
-       Oui.

- Au VIème siècle avant notre ère, Anaximandre apprit aux Grecs la rotation des astres et la courbure du méridien !
- Et qu'en est-il des autres philosophes ?
- Anaxagore découvrit le mécanisme des éclipses de la lune et du soleil et perçut les astres en tant que corps solides. Et Héraclite, vers 350 avant notre ère, émit déjà l'hypothèse d'une rotation de la terre, sans que personne ne l'écoute !
- Et bien ! fit Odilon admiratif. Je maintiens que je ne suis pas aussi calé qu'eux. Moi, je marche sur la terre ferme et pourtant je ne suis pas sûr d'atteindre mon but.
- Où sommes-nous ? interrogea malicieusement le vieux sage.

Odilon leva les yeux et vit le Rocher de la vache noire à quelques mètres devant lui.

- On y est arrivé ! s'exclama-t-il joyeusement. Regardez ! On est arrivé au croisement ! Et sans encombre ! Je ne m'en suis même pas rendu compte ! Ça alors ! Comment est-ce possible ? C'est grâce à vous !
- Non mon enfant, c'est grâce à toi ! Uniquement grâce à toi ! Moi, je n'ai absolument rien fait d'autre que t'accompagner.

Fofu se retourna et se posa sur la crinière du cheval d'Odilon.

- Môsieur, mon maître, a-t-il encore besoin de mes services ? Je commence à m'échauffer sous cette apparence !
- Non merci, Fofu, tu nous as été d'une grande utilité ! répondit Odilon en souriant.

Maître Hann intervint.

- Fofu est à ta disposition, Odilon. Si tu as besoin de quoi que ce soit, remets-toi à lui. Il est de très bons conseils… quand il le veut bien ! Et… il lui arrive, parfois, d'obéir !
- Je suis comme Aladin, j'ai mon génie à moi ! s'écria Odilon.
- Un génie ? sursauta Fofu. Où ça ? Ah, oui ! Un génie ! Il est vraiment gentil mon nouveau maître ! Un génie, je suis un génie ! La…la..la… lalère…
- Fofu ! ordonna Maître Hann. Du calme !

Fofu s'arrêta net.

- Je suis un génie, Môsieur ! Un génie !

Fofu faisait des pirouettes, des saltos et des doubles-saltos, riant de joie et chantant en même temps. Puis, il fit une profonde révérence en prenant soin, cette fois, de ne pas perdre l'équilibre. Mais, comme il se trouvait sur l'extrémité d'une branche d'arbre et qu'il gesticulait dans tous les sens, celle-ci cassa laissant choir, le pauvre Fofu qui, une fois à terre, lança à la cantonade :

- Et jusqu'à vous revoir !

Avant de disparaître dans la nuit.

- Ah ! ah ! ah ! Il est toujours comme ça ? demanda Odilon en riant aux éclats
- Hélas oui ! soupira le vieux sage.

La lune qui venait de se dégager complètement des nuages au travers desquels elle avait brillé jusqu'alors répandait maintenant généreusement, une magnifique lumière qui éclairait le chemin d'Odilon sans qu'il eût besoin de recourir à l'assistance de Fofu.

Sans s'en rendre compte, Odilon s'engagea avec assurance sur le chemin qui lui faisait face et qui devait le mener à sa cabane. Il reconnaissait mieux sa route, maintenant. Il se sentait mieux également. Ce vieil homme était merveilleux vraiment. Comment faisait-il ? C'était un mystère pour Odilon, mais ce qui comptait pour le moment c'est que ses forces reprenaient, qu'il avait plus confiance en lui et qu'il se sentait plus vigoureux, rasséréné par la visite du vieux sage.

Il poursuivit sa route, avec prudence, sans vraiment se soucier de ce qui pouvait lui arriver. Il se sentait maintenant capable d'affronter des montagnes. Du moins se le figurait-il ? Mais n'était-ce pas un peu présomptueux au fond ?

Il repensa à tous les évènements qui s'étaient produits depuis la veille et commença à mettre de l'ordre dans ses idées. Il voulut interroger le vieux sage sur son devenir, mais, en se retournant, il s'aperçut que le vieil homme avait disparu.

- Maître Hann ? Où êtes-vous ? cria Odilon. Maître Hann ? Ne me laissez pas seul ! Je vous en prie !

Mais, seul le silence lui répondit. La peur, brusquement, l'envahit de nouveau. Il fut même pris de panique lorsqu'une voix surgissant de l'obscurité lui dit :

- Ne t'ai-je pas dit que je serai toujours là et que je ne t'abandonnerai jamais ? Aie confiance en toi !

D'avoir entendu cette voix rassura un peu Odilon, mais il était beaucoup moins assuré, ses forces lui échappaient et il se laissait, de nouveau, guider par son cheval.

Soudain, il sentit comme une présence.
- Il y a quelqu'un ? demanda-t-il inquiet.

Mais personne ne répondit.

- C'est vous Maître Hann ? répéta-t-il.

Là encore, il n'obtint aucune réponse. Il entendit du bruit. Il prit peur, il ne savait que faire.

Il tenta de suivre les conseils du vieux sage et tâcha de se ressaisir.

- Garder mon sang-froid ! se dit-il. Quoi qu'il arrive, rester maître de moi, sinon je perdrais mes moyens. Facile à dire !

Odilon respira profondément tout en continuant d'avancer.

Soudain, avant qu'il n'ait pu prendre conscience de ce qui lui arrivait, son cheval se cabra brutalement en poussant un énorme hennissement. Odilon se rattrapa à sa crinière. Il essaya sans succès de calmer son cheval, mais celui-ci devenait de plus en plus fougueux : il parvint même à désarçonner Odilon avant qu'il ne puisse réagir !

Une fois à terre, Odilon rappela son cheval, sans résultat, celui-ci étant parti au galop.

- Qu'a-t-il pu voir de si terrifiant ? se demanda Odilon.

Il se mit à courir pour tenter de le rattraper, puis se rendit compte que le cheval avait pris beaucoup trop d'avance.

Cependant, Odilon avançait sans prendre garde aux pièges qui jalonnaient les sentiers de la forêt et contre lesquels Robert l'avait mis en garde.

Il n'eut pas longtemps à attendre : à peine eut-il fait encore quelques pas qu'il se sentit soudain happer dans les airs. Il eut beau se débattre, il lui fallut bien se rendre à l'évidence : il était, bel et bien, prisonnier des mailles d'un filet qui le saucissonnait et qui se resserrait plus il se débattait en le balançant dans les airs.

Chapitre XXV

Saurus, Le tyran de la forêt

Emberlificoté dans les mailles de son filet, Odilon tenta, en vain, de se libérer. Il donnait de petites secousses, remuait dans tous les sens et se fatiguait en s'évertuant à faire tomber sur le sol le filet qui le soutenait. Seulement, plus il se débattait, plus les mailles de ce filet se resserraient réduisant, dans le même temps, l'espace de liberté qui lui était octroyé.

Après plusieurs longues minutes dans cette inconfortable posture, Odilon se résolut à cesser de gesticuler de la sorte. Il tenta alors d'attraper sa dague coincée dans sa ceinture, mais la position dans laquelle il était ne lui rendit pas la chose facile. La tête repliée contre les genoux, les jambes et les bras en l'air le long de ses oreilles, il parvint, malgré tout, en se contorsionnant, à glisser son bras droit vers sa ceinture où se trouvait son couteau. De longues minutes lui furent nécessaires pour y parvenir.

Une fois la dague attrapée, Odilon entreprit de couper la corde du filet. Mais, celle-ci était solide, fabriquée dans une fibre résistante et il comprit très vite que ce travail serait long et fastidieux. D'ailleurs, au bout d'une heure, il n'avait pas beaucoup avancé.

C'est alors qu'il entendit craquer des branches mortes qui jonchaient le sol au-dessous de lui, comme si quelqu'un approchait prudemment. Il retint sa respiration, cherchant du regard l'endroit d'où pouvait parvenir ce bruit. Il distingua une lueur qui avançait vers lui.

Odilon s'immobilisa, pensant naïvement qu'on ne le verrait pas. Mais, il fut bientôt encerclé par une vingtaine de manants à la mine patibulaire qui portaient des habits délabrés et sales.

-       Oh non ! fit-il en soupirant.

Puis, il ajouta tout bas.

-       C'est bien ma veine ! Me voilà aux mains des brigands de la forêt.

Il lui fallut faire appel à toutes les réserves de courage qui lui restaient pour ne pas se laisser dominer par la peur. Il se remémora ce que le vieux sage lui avait dit.

-       « Ressaisis-toi et apprends à te contrôler ! ».
-       C'est plus facile à dire qu'à faire ! se dit Odilon.

Cependant, il ne put s'empêcher de se demander qu'elle aurait été l'attitude de Maître Hann dans des circonstances pareilles.

Il n'eut pas le temps de s'interroger longtemps que déjà il sentit une pointe acérée s'appuyer sur son visage.

-       Aïe ! lança-t-il dans un cri aigu. Aïe !

Quelques instants plus tard, un homme de haute taille qui avait plus de prestance que les autres et semblait être le chef, traversa l'assistance et s'avança vers Odilon.

-        Faîtes-le descendre ! ordonna-t-il d'une voix grave
-        Je... je suis un... ami ! réussit à dire Odilon alors que deux hommes s'approchaient et coupaient les liens qui le retenaient en suspension au-dessus du sol, ce qui eut pour conséquence de faire tomber le filet et son contenu, lourdement, sur le sol
-        Aïe ! cria à nouveau Odilon.

À l'endroit où il tomba, la terre était molle, plutôt boueuse, Odilon s'y enfonça, se retrouvant bientôt recouvert d'un terreau gluant qui imbiba tous ses habits.

Il se débattait dans ce bain de boue, lorsque l'inconnu qui était intervenu tout à l'heure se dirigea vers lui, et le dévisagea à la lueur de sa torche.

-        Alors étranger ! lui dit-il. Ne sais-tu pas que l'on ne s'aventure pas ainsi sur mon territoire ? Tu es bien jeune, me semble-t-il ?

Il se retourna, et ajouta à l'attention de ses amis regroupés en masse autour de lui.

-        Nous allons pouvoir nous amuser un peu, les gars !

Un murmure d'acquiescement s'éleva de la foule rassemblée, suivi de rires et de cliquetis d'armes que les brigands frottaient, les unes contre les autres, en signe de joie.

Odilon était terrorisé. Néanmoins, il préféra ne pas y accorder d'importance pour le moment, tout occupé qu'il fût à s'efforcer de s'extirper de la mélasse dans laquelle, lui et les mailles du filet qui l'emprisonnaient toujours, commençaient à s'engluer.

Trois hommes vinrent lui prêter main-forte sur un signe de l'homme à haute stature.

Tout juste libéré, la déception d'Odilon fut grande lorsqu'il se sentit soulever dans les airs et qu'on lui attacha solidement les jambes et les bras dans le dos afin d'entraver ses mouvements.

Il tenta bien de se débattre pour se dégager de l'emprise de ces deux bourreaux, mais sa tentative fut vaine et il fut rapidement maîtrisé par les gaillards qui l'entouraient.

Une fois cette opération terminée, Odilon fut déposé aux pieds du mystérieux inconnu.

-        Hum ! reprit l'homme. Sais-tu quel sort l'on réserve aux petits futés comme toi qui s'aventurent ainsi dans les endroits interdits ?

Odilon n'eut pas le temps de répondre, d'ailleurs même s'il l'avait voulu, il ne l'aurait pas pu, sa gorge était bien trop sèche pour qu'un son puisse en sortir.

-        On leur chauffe la plante des pieds et on s'amuse un peu avec eux, avant de les faire griller comme des moutons ! À moins qu'on ne les fasse tirer par quatre chevaux pour les écarteler ! Ah ah ah... continua l'homme accentuant la détresse d'Odilon par son rire grave et sombre qui reçut un large écho dans l'assemblée qui se délectait des paroles de son chef. Hein les gars ! reprit celui-ci. Y'a bien longtemps que vous n'avez pas pu vous entraîner sur une cible vivante. ! Ah ah ah ! C'est plus excitant, non ?

L'homme avait sorti son épée, et taquinait le cou d'Odilon dont le courage et la présence d'esprit vinrent à son secours.

-        Monsieur ?! lança Odilon en rassemblant tout son courage.

-        Ah ah ah ! Vous avez entendu, vous autres ? Il m'a appelé... Monsieur ! Ici mon gars, je suis Saurus, le tyran de la forêt ! N'as-tu jamais entendu parler de moi ?

-        Euh... si Monsieur, mais on m'a dit aussi que vous n'étiez pas aussi méchant que vous vouliez bien le paraître.

Odilon avait prononcé ces dernières paroles sans reprendre son souffle. Il jouait quitte ou double et tentait le tout pour le tout. Il ne se rendait pas bien compte de ce qui lui arrivait, mais ce qu'il savait, c'était qu'il n'avait plus rien à perdre.

-        Ah oui ? Alors comme ça, on t'a dit que j'étais gentil ? Et bien tu vas voir si je suis aussi gentil que ça !

Il s'approcha d'Odilon, leva son épée et lança à ses hommes :

-        Alors les gars, je lui coupe quoi ? Une oreille ? Un pied ? Une main ? Choisissez.

Un brouhaha incompréhensible se fit entendre. Des mots parvenaient aux oreilles d'Odilon.

-        L'oreille ! criaient les uns.
-        La main ! criaient les autres.

Saurus fit un signe de la main et les clameurs s'arrêtèrent net.

-       Je vais commencer par le scalper !

Des cris s'élevèrent de la foule.

-       Oui ! Oui ! Les cheveux ! Les cheveux !

Saurus saisit d'une poigne forte la chevelure d'Odilon et s'apprêtait à lui couper ses longues mèches blondes lorsqu'il s'arrêta brusquement.

-       Mais, au fait, que fais-tu, tout seul, à cette heure, dans la forêt ? demanda-t-il à Odilon. On a retrouvé ton cheval à quelques lieues d'ici
-       C'est que... je... je me suis perdu, Monsieur répondit Odilon en tremblant
-       Perdu ? Hum... Et où te rendais-tu ?

Odilon ne savait que répondre. Dire la vérité lui effleura bien l'esprit un instant. Après tout, en tant que proscrit lui-même, peut-être trouverait-il auprès de ces gens une âme secourable.

-       Quel meilleur abri pensa-t-il que me fondre au milieu de gens pareils !

Comme il le put, dans la position inconfortable dans laquelle il se trouvait, tremblant à la fois de peur et de froid dans ses habits mouillés, Odilon observa l'assemblée. Les mines réjouies qu'il put y voir ne l'encourageaient pas à prendre trop de risques. Malgré tout, il lui semblait que son courage revenait peu à peu.

-       Je suis toujours en vie, songea-t-il. Ils ne m'ont pas décapité. Le vieux sage a raison : tout est une question de contrôle de soi-même.

Aussi, décida-t-il de répondre franchement à la question qui lui était posée.

-       Je cherchais un endroit sûr pour me cacher
-       Te cacher ? Et les gars, le petit veut se cacher et il vient tout droit dans la gueule du loup ! À ton âge, tu veux te cacher ? Et de qui, diable, te caches-tu, sacre bleu ?
-       Des hommes de Garin, ils me recherchent.
-       Garin ?! Hum… Tout cela est bien nébuleux et mérite qu'on s'y arrête un instant. Rentrons au campement, on sera mieux pour discuter.

Il ajouta en direction des quatre hommes qui l'entourait.

-       Vous quatre, réparez le piège, on pourrait en avoir besoin à nouveau et puis il ne faut pas laisser de traces, et rejoignez-nous ensuite. Vous autres, occupez-vous de ce garçon !

Ce qui fut dit fut fait ! Avant qu'il n'ait pu réagir, Odilon fut saisi rudement par des bras vigoureux qui le soulevèrent de terre. Il se retrouva à plat ventre dans la terre boueuse, deux hommes lui attrapèrent les mollets, replièrent ses jambes en arrière, afin de les réunir en les liant solidement à ses mains par une épaisse corde.

La promptitude et la dextérité avec lesquelles ces hommes s'acquittèrent de cette tâche fit comprendre à Odilon qu'ils avaient l'habitude de ce genre de travail. En moins de temps qu'il n'en faut pour le dire, Odilon se retrouva sur le ventre. Il sentit une forte douleur dans ses bras et ses jambes, en raison de l'étirement forcé, et sa tête se mit à résonner fortement, le sang battant violemment dans ses tempes.

Instinctivement, il suréleva la tête pour voir où ces hommes l'emmenaient. Mais les deux hommes prirent soin de lui bâillonner la bouche et les yeux. Vu de profil, il ressemblait un peu à un arc tendu.
Ensuite, deux hommes passèrent un bâton dans l'espace libre entre les liens et le dos, montèrent le bâton sur leur épaule et prirent la direction du campement.

La route sembla bien longue à Odilon dont les douleurs se faisaient plus intenses à chaque pas au point que des larmes perlèrent dans ses yeux.

-         Pourquoi diable m'ont-ils attaché ainsi ? se demanda-t-il perplexe

Dans sa tête, tout se bousculait. Qu'allaient-ils faire de lui ? Qu'adviendrait-il si cet homme mettait à exécution ses menaces ? Il souffrait déjà terriblement qu'il ne se sentait pas capable de supporter une autre quelconque torture. Il se prenait à regretter l'abbaye et la vie douce qu'il y menait.

Pourtant, il ne voulait pas se laisser aller. À ses yeux, tout espoir n'était pas perdu. Son histoire avait semblé intéresser Saurus, il fallait faire en sorte qu'il l'écoutât jusqu'au bout.

CHAPITRE XXVI

Une surprenante confidence

Lorsqu'ils arrivèrent au campement, Odilon, toujours en équilibre entre ces deux porteurs, perçut le crépitement d'un feu de bois.

Les deux hommes posèrent le bâton qu'ils portaient sur leurs épaules et qui soutenait Odilon sur deux fourches posées à égale distance d'un cercle de cendres qui ressemblait, à s'y méprendre, aux traces laissées par un feu récemment éteint.

Odilon ne sentait plus ses membres ankylosés : la douleur avait laissé place à des fourmillements désagréables. Il entendit des murmures, puis des éclats de voix et des rires. Odilon se demandait ce que ces brigands préparaient. Comme il ne pouvait voir ce qui se passait, son bandeau lui cachant la vue, il utilisait, au maximum de ses possibilités, ses autres sens.

Il voulut dégourdir un peu ses membres, mais cela lui fut impossible.

Quelqu'un lui ôta son bandeau des yeux.

Compte tenu de sa position, la première chose qu'il vit fut le cercle de cendres au-dessus duquel il était suspendu ce qui n'augurait rien de réjouissant.

- Alors, mon gars, questionna Saurus, la promenade a été bonne ?

Odilon ne répondit pas, il n'avait d'yeux que pour la torche qu'un homme approchait bien trop près de lui à son goût.

- Dans cette position, reprit Saurus, les pieds brûlent plus facilement, car ils peuvent moins bouger ! Ah ah ah !...

Odilon effectivement resta immobile.

- Bon allez, ça suffit, détachez-le !

Deux hommes s'exécutèrent et détachèrent Odilon.

- Viens t'asseoir avec nous près du feu, on aura plus chaud. J'aimerais que tu continues de nous raconter l'histoire que tu as commencée.

Odilon fut surpris de ce revirement subit, mais il ne se fit pas prier. Il lui fallut un certain temps pour que ses crampes disparaissent, après quoi, il vint s'asseoir avec les autres autour de la flamme du feu du bois et commença son récit.

Il conta, avec moult détails, toutes les péripéties qu'il avait traversées depuis ces derniers jours. Il prenait tout son temps pour raconter son histoire, tâchant de gagner du temps.

Au fur et à mesure qu'il avançait dans son récit, le silence, autour de lui, se faisait plus pesant. Tous écoutaient avec solennité ses aventures.

De temps en temps, un léger murmure traversait l'assemblée en signe d'approbation.

Enfin, vint le temps pour Odilon de conclure.

-       Voilà pourquoi je me rendais dans la forêt au mépris du danger que j'encourais. Je n'avais pas d'autres choix : c'était vous ou eux ! Et dans mon for intérieur, je me disais qu'entre hors-la-loi, on pourrait peut-être s'entendre.

Saurus avait écouté, lui aussi, attentivement le récit d'Odilon. Il resta muet tout d'abord, attendant quelques minutes pour intervenir.

-       Tout ce que tu viens de nous raconter est bien possible, en effet. Mais où comptais-tu te rendre, comme ça, tout seul ?
-       Je savais où j'allais, répondit simplement Odilon.
-       Connais-tu un endroit sûr dans la forêt ? interrogea Saurus avec intérêt.

Odilon hésita à répondre. Il ne savait que dire. Il se méfiait. Lui seul connaissait cet endroit et s'il en venait à indiquer sa cachette secrète à ces brigands, elle ne serait plus secrète et il serait de nouveau en grand danger.

D'un autre côté, il était à la merci de ces hommes et ne pouvait leur mentir ou bien leur cacher quelque chose.

Aussi décida-t-il de rester sur ses gardes, comme le lui avait conseillé Robert.

-       En fait, non. Je ne connais pas d'endroits précis. Je comptais en découvrir un sur ma route, se contenta-t-il de répondre.

-       Tu mens, petit ! s'exclama Saurus

-       Euh… Noon…

Saurus saisit une torche et l'approcha d'Odilon à qui il pinça une oreille.

-       Tu mens, je te dis ! Et j'ai les moyens de te faire parler !

-       Non, je ne mens pas, cria Odilon. Enfin… c'est à dire…

-       C'est à dire quoi ?

Saurus tira si fort sur l'oreille d'Odilon que celui-ci ajouta :

-       … que je préfère ne rien vous dire de plus là-dessus.

La stupeur arrêta net le geste de Saurus qui relâcha son emprise et lâcha l'oreille d'Odilon.

-       Eh ! Les amis ! lança-t-il. Le petit fait le malin. Il nous fait des cachotteries. Voyez-vous ça : « je préfère ne rien vous dire là-dessus ». Il avait prononcé ces mots en prenant une voix un peu efféminée. Non, mais, ça fait des manières en plus ! termina-t-il Des cris retentirent dans l'assemblée. Saurus fit un signe et deux hommes empoignèrent Odilon si fort qu'il ne pouvait presque plus respirer : l'un d'eux approcha une torche, tandis que Saurus sortait son épée de son fourreau.

Odilon se débattit autant qu'il le pouvait, mais il n'arriva pas à se défaire de l'emprise des deux hommes qui le maintenaient fermement. Saurus approcha son épée du cou d'Odilon.

-       Ttttttt....Mon petit ! Ce n'est pas sérieux ! Tu ne vas pas faire des cachotteries à papa Saurus ? Si tu connais un endroit sûr dans cette forêt, tu penses bien que cela nous intéresse et qu'on voudrait bien savoir où il se trouve ! Alors, tu vas me le dire ?

Odilon opina de la tête en signe de refus. Le courage dont il faisait preuve le stupéfiait lui-même. À moins que ce ne soit de l'inconscience.

-       Au fond, se disait-il, ne valait-il pas mieux leur dire où se trouvait sa cachette, plutôt que d'être lynché sans autre forme de procès. Dans ce cas, d'ailleurs la cachette ne lui serait plus d'aucune utilité.

Cependant, malgré les risques qu'il encourait, Odilon continuait à ne pas vouloir révéler son secret à ces brigands.

-       Quand bien même vous ferez de moi ce que vous voudrez, vous n'obtiendrez jamais de moi autre chose que ce que j'ai décidé de vous dire.

D'un coup sec, son épée frappant dans les airs, Saurus, fit une profonde entaille à l'habit d'Odilon ce qui mit sa poitrine à nu.

-       Je n'ai pas de temps à perdre, petit. dit Saurus d'un ton sec.

Sur un signe, deux autres hommes déchaussèrent les pieds d'Odilon.

- Non! Non! Je vous en prie! S'il vous plait! Non criait-il alors que déjà la flamme de la torche de Saurus commençait à lui lécher la plante des pieds.
- Non Arrêtez! Arrêtez! hurlait maintenant le pauvre garçon.
- Tu es prêt à nous dire où se trouve ta cachette ?
- Oui! Oui! Je vais vous le dire.

Saurus souleva sa torche.

- Voilà, la cachette se trouve un peu plus loin, par-là! dit Odilon en indiquant la direction opposée à celle qui menait à la cabane.
- Nous allons vérifier, petit. Et si tu nous as menti...

Avant que Saurus n'ait terminé sa phrase, Odilon l'interrompit :

- Ah bon? Alors....Je vous ai menti, dit Odilon avec bravade.

Sur un geste de Saurus les deux hommes qui le maintenaient traînèrent le corps d'Odilon jusqu'à un tronc d'arbre coupé et lui penchèrent la tête vers l'avant afin qu'elle repose sur ce billot improvisé.

- Tu te moques de nous, petit! Et, je n'aime pas du tout cela! Pour qui me prends-tu? Qui crois-tu que je suis? Ma réputation n'est-elle pas arrivée jusqu'à tes oreilles ?
- Je n'ai pas cru ce que l'on m'a dit! insista Odilon en tentant de relever la tête.

En faisant ce mouvement, la chaîne qu'il portait autour de son cou se mit à se balancer dans le vide.

- Quel courage inutile, mon pauvre petit ! trancha Saurus. Je te donne une dernière chance : soit tu nous dis où est ta cachette et tu as la vie sauve, soit... Saurus baissa les yeux vers son épée, soit tu vas passer le plus mauvais quart d'heure de ta vie, crois-moi ! Que décides-tu ?
- Je ne vous dirai rien ! Vous m'entendez. Rien du tout ! Tant pis, tuez-moi, j'ai eu tort de croire que vous me laisseriez une chance. Vous ne valez pas mieux que Garin !

Tout en parlant, Odilon gesticulait, se débattait de toutes ses forces, son torse nu sur lequel retombait sa chaîne attira l'attention de Saurus.

- Top là ! ordonna-t-il. Voyez-vous ça ! Une chaîne en or ! On pourrait en tirer un bon prix.

Saurus inspecta la chaîne du bout de son épée. Il prit le temps d'inspecter consciencieusement le médaillon. Il s'apprêtait à l'arracher du cou d'Odilon, mais s'arrêta brusquement : les yeux rivés sur la médaille qui pendait au bout de la chaîne, son visage se transforma.

À la vue de cette médaille, Saurus leva sur Odilon un regard interrogateur et s'approchant, il lança sur lui son œil noir et perçant comme s'il eût voulu analyser ou disséquer chaque muscle de son visage.

- Où as-tu eu ce médaillon petit ? demanda-t-il d'une voix tremblante dont l'intonation marquait une très forte émotion.
- Quoi ? Mais, il est à moi ! répondit Odilon troublé d'être l'objet d'un examen aussi attentif de la part d'un homme qui lui paraissait si terrifiant et qui l'impressionnait beaucoup.
- Attention ne mens pas, cette fois !

\-   Mais… non, je ne mens pas, croyez-moi ! C'est un cadeau de ma mère au moment de ma naissance. J'y tiens beaucoup, je le porte toujours sur moi, je vous l'assure !

Saurus considéra Odilon avec une grande attention.

\-   Quel est ton nom ?
\-   Odilon de Beaufort.
\-   Tu es le fils de Hugues et d'Hermeline de Beaufort ?
\-   Oui, répondit Odilon surpris que Saurus connaisse le nom de ses parents. Vous les connaissez ?
\-   Laissez-le ! ordonna Saurus à ses hommes.

Odilon ne comprenait pas ce qui se passait, mais ce qu'il venait d'entendre ranima son courage. Il se laissa faire docilement et se surprit à dévisager le brigand : à la lueur des flammes du feu de camp, ses traits paraissaient plus flous.

Autour d'eux, l'assemblée attendait sans bouger. Mais Saurus ne parlait toujours pas.

\-   Ce n'est pas possible ! marmonnait-il entre ses dents.

Enfin, il se décida et dit à haute et intelligible voix.

\-   Toi et moi, sous ma hutte, ordonna-t-il à Odilon. Vous autres, lança-t-il en direction de l'assemblée, amusez-vous, buvez, vous l'avez bien mérité !

Un bruit de musique s'élança dans les airs égayant l'assistance tandis qu'Odilon suivait Saurus sous sa hutte, la tête baissée. Il ne la releva qu'une fois dans la hutte, lorsque Saurus s'adressa à lui.

- Assieds-toi ! lui dit-il. Ainsi, c'est toi : Odilon de Beaufort, le fils de Hugues de Beaufort, le seigneur du château ?
- Oui, c'est moi, répondit simplement Odilon.
- Je connais bien ton père, tu sais ?
- Ah bon ?
- Tu ne peux pas te rappeler... Il y a si longtemps de tout cela et tu étais alors un enfant.

Je vivais à l'époque avec ma femme, Mathilde sur les terres de ton père, dans une petite cabane à lisière de forêt. Ton père était si bon avec nous : nous payions sa protection, lui assurait notre sécurité.

Vînt le jour, où ma femme mit au monde notre petite fille : ce fut notre joie, mais nous ne savions pas alors que ce bonheur ne durerait pas longtemps. Notre fille grandit si vite, et toi tu venais souvent jouer à l'orée de la forêt et notre petite enfant se joignait à vos jeux à toi et ta sœur. Vous formiez une folle équipe tous les trois !

- Je m'en souviens en effet ! s'écria Odilon. Votre cabane était la dernière avant la forêt, mais vous ne vous appeliez pas Saurus à l'époque ?
- Non. Saurus, c'est mon nom de brigand, mon vrai nom c'est Geoffroy.
- Mais oui le bon gros Geoffroy... euh enfin... dit Odilon tentant de se rattraper.
- Ne t'inquiète pas, va, ça n'a pas d'importance.

Odilon réfléchit quelques minutes puis ajouta :

- Mais si vous êtes Geoffroy, alors votre fille c'est...
- Eh oui, je suis le père de Nicolette et de Laudine, en effet
- Mais je croyais...
- ... Que j'étais mort ?

Odilon opina de la tête.

- Oui je sais, je sais... c'est une longue histoire que je vais te conter maintenant, mais auparavant as-tu des nouvelles de Nicolette et de Laudine ?
- La dernière fois que je les ai vues, il y a quelques mois, elles allaient très bien. Et puis, ma sœur, dans une de ses lettres, m'a écrit que... enfin que vous étiez...
- Mort ? n'aie pas peur de dire ce mot : mort ?
- Oui c'est ça, reprit Odilon gêné. Bertille me disait que Nicolette et Laudine étaient inconsolables !

Geoffroy baissa la tête.

- Pourquoi lui avoir fait croire une chose aussi horrible ?
- Tu sais depuis le départ de ton père à la guerre, les choses ont beaucoup changé ici.
- Je commence à m'en rendre compte, reconnut Odilon.
- J'ai toujours été un honnête paysan et je respectais beaucoup ton père, un homme juste, le sire Hugues, qui nous a tant aidés dans les moments difficiles. Comme il a été gentil lorsque nous avons adopté Laudine ! Je ne compte plus les quignons de pain ni les vêtements pour Nicolette et Laudine qu'il nous a donnés. Et quand il a pris Nicolette à son service et qu'il a confié Laudine à son frère, quelle chance cela a été pour nous ! Elles vous considèrent comme une deuxième famille, tu sais, et Mathilde était soulagée de les savoir en de bonnes mains. Nous n'étions pas dupes tu sais, ton père a fait cela pour nous faire plaisir et nous aider. Notre Nicolette est le bien le plus précieux que nous avons et notre petite Laudine est un don du ciel ! Grâce à ton père, nous les voyions très souvent !
Et puis, les conditions de travail de la terre sont devenues de plus en plus difficiles. Mon sol ne donnait plus le rendement que

j'escomptais, mes bêtes mouraient les unes après les autres et je n'arrivais plus à payer les redevances du seigneur ni les impôts royaux.

Quand ton père était là avant qu'il ne parte guerroyer, il m'aidait autant qu'il le pouvait, mais depuis son départ, les hommes du donjon ont changé. Garin a, peu à peu, usurpé le pouvoir de Sire Hugues, et nous assomme de taxes injustes.

- Oui j'ai déjà entendu cela de la part de quelqu'un de la ville, dit Odilon en repensant aux propos de Robert.

- Voyant que je ne pouvais plus payer, reprit Saurus, les hommes du donjon, les Lupus comme on les appelle, ont commencé par réquisitionner mes bêtes. Enfin, plus exactement celles qui me restaient. Elles m'étaient bien utiles pourtant : je revendais leur fiente pour mes cultures, le fumier des animaux est utilisé pour « fumer » la terre et servir d'engrais.

Une nuit, les Lupus sont venus à plusieurs. Mon frère, Urbain, et son neveu étaient là. Heureusement, Nicolette était chez vous, au château et Laudine chez Sire Olivier. Ils sont entrés dans ma cabane, et ont commencé à nous violenter. Mon frère et moi avons tenté de résister, en vain. Ils ont tout saccagé dans la maison, et puis... »

Geoffroy marqua un temps d'arrêt. Des larmes lui montaient aux yeux, sa gorge se serra : ce récit était très pénible pour lui.

- ... et puis ils ont violé Mathilde, tous ! Ils lui sont passés dessus, un par un ! Ils ont pris leur temps, les ordures ! J'ai voulu réagir, mais ils m'ont retenu : ils se sont mis à dix pour m'arrêter, je crois que sinon je les aurai tués, tous ! Ils m'ont dit qu'il voulait que j'assiste à cela, que je voie ce qui se passait quand on ne payait pas ses dettes. Payer ? Mais comment aurais-je pu payer, je n'avais plus rien !

Geoffroy se mit à sangloter.

- Ils m'ont dit que je ne leur servais plus à rien et qu'au contraire je leur coûtais cher. Ils m'ont dit que les gens comme moi c'était comme des bêtes : quand une bête n'est plus productive, on la tue ! Mon frère, Urbain a tenté d'intervenir, mais ils... ils ont réussi à l'immobiliser. Et puis, ils ont pris le tisonnier, ils l'ont chauffé à blanc dans le feu de la cheminée et... ils lui ont brûlé les yeux !
Devant l'horreur de cette scène, mon neveu s'était caché dans un recoin, mais ils eurent tôt fait de le retrouver. Alors, ils ont commencé à le torturer, lui aussi... Ses cris... ses cris, c'était horrible... ! »

Odilon ne disait rien, il se contentait d'écouter, horrifié et impuissant devant la peine de Geoffroy.

- Enfin, une fois qu'ils eurent fini de s'amuser, ils m'ont attaché à une chaise et ils ont mis le feu à la maison, puis ils sont sortis en riant. Je n'oublierai jamais ces rires, jamais !
Les flammes commençaient à grandir autour de moi, j'avais du mal à respirer, ma vue se brouillait. Je ne sais pas comment j'ai fait pour m'en sortir. Dans ces moments-là, c'est comme si une force secrète nous animait ! J'ai réussi à déséquilibrer ma chaise et à me traîner vers l'arrière de la maison, à quatre pattes. J'espérais avoir le temps de revenir chercher les miens. Mais, la maison a brûlé trop vite et je n'ai pu sauver personne ! C'était trop tard, le feu gagnait trop rapidement. Une fois dehors, j'ai couru aussi vite que j'ai pu dans la forêt. Une fois à l'abri, je me suis retourné : ils étaient tous là, les hommes en noir qui

attendaient que ma maison ait brûlé complètement. C'est seulement une fois qu'il ne resta plus que des cendres qu'ils sont repartis.

Je n'oublierai jamais cet homme qui les commandait : il répondait au nom de Raoul, je crois. De toute façon, je le reconnaîtrais entre mille ! Je n'attends que le jour où je me vengerai.

- Depuis ce moment, vous n'avez plus quitté la forêt ? demanda Odilon.

- Non, je me suis enfoncé aussi loin que je pouvais. J'avançais au hasard droit devant moi. J'ai marché plusieurs longues heures d'affilée et je me suis effondré.

J'ai dormi, je ne sais pas combien de temps. Mais quand je me suis réveillé, j'étais entouré de deux hommes, Enguerrand et Adalbéron, qui me secouaient pour tenter de me réveiller. Ils avaient vécu, eux aussi, des choses aussi horribles que moi, et comme moi, ils étaient venus chercher refuge dans la forêt. Ils m'ont amené à leur campement. Nous avons sympathisé et nous ne nous sommes plus quittés.

Peu à peu, d'autres sont venus nous rejoindre et nous avons formé le groupe que tu vois là, un groupe soudé, animé par la même haine de Garin et de toute sa clique.

- N'y avait-il pas d'autres solutions que de vivre en reclus dans cette forêt ?

- La seule solution pour ceux qui veulent lutter contre le pouvoir usurpé de Garin, c'est de nous regrouper dans la forêt, abandonner depuis le départ de ton père et d'en faire notre fief. En recréant ici, une communauté qui s'oppose à l'autorité des

Lupus, nous sommes une force contre laquelle ils ne peuvent rien et de laquelle ils ont peur.

Un jour, Garin a envoyé des hommes dans la forêt pour venir nous chercher. Nous leur avons tendu un piège. Un à un, ils sont tombés dans notre embuscade et aucun n'est reparti : nous les avons tous tués !

Depuis ce jour, Garin a compris que nous formions un contre-pouvoir qui lui faisait peur. Il fallait qu'il empêche les autres habitants de venir nous rejoindre pour nous soulever contre lui. C'est alors qu'il a fait courir le bruit que la forêt était hantée et que des coupeurs de têtes l'habitaient. Il a fait croire que ceux qui entraient dans la forêt n'en revenaient pas. La rumeur a fait le reste : elle nous a transformés en brigands terrifiants, sans vergogne qui assassinent et maltraitent les gens qui s'aventurent trop loin dans la forêt.

En agissant ainsi, Garin tient mieux les habitants sous son joug : il réfrène les soulèvements et il sait que ceux qui ne veulent pas de lui pour chef, ne viendront pas nous rejoindre puisque nous leur faisons peur : nous sommes les hors la loi de la forêt et lui garde tout son pouvoir ! Il est libre ainsi de commettre, en notre nom, les plus vils forfaits.

-        Mais comment savez-vous cela ? demanda Odilon.

-        Nous allons, de temps en temps, en reconnaissance dans la ville, déguisée en marchands ou en voyageurs. Sous ce camouflage, nous glanons quelques informations. C'est ainsi que nous avons appris le stratagème mis au point par Garin contre nous : c'était pire que de nous condamner à mort, il nous a mis au pilori de la société !

-        C'est pour cela que vous vous êtes fait passer pour mort aux yeux de Nicolette et de Laudine ?

-      Mort, je le suis ! Alors plutôt que ma fille me prenne pour un proscrit, j'ai préféré qu'elle me croie mort. J'ai honte de ce que je suis devenu.

-      Mais, Nicolette et Laudine sont les deux dernières choses qui vous restent ? Et vous êtes leur seule famille maintenant ?

-      Je sais. Tu crois que j'ai eu tort ?

Odilon éluda la question.

-      Que pouvais-je faire d'autre ? reprit Geoffroy. Contrairement aux bruits qui courent, nous n'avons rien fait de mal : nous ne faisons que nous défendre en sauvant notre vie. Est-ce un crime ? Je suis prêt à payer pour le mal que j'ai fait. J'ai des comptes à rendre à ton père et je suis prêt à subir sa justice, mais tant que Garin commandera à sa place, jamais je ne me soumettrai. Nous n'avons jamais attaqué, ni rançonnés, ni même tués d'autres personnes que ces chiens qui sont venus nous égorger.

C'est Garin qui nous a contraints à nous retrancher dans cette forêt. C'est lui qui a fait courir des bruits qui salissent notre honneur et celle de notre famille. Nous ne pouvons même pas nous défendre, nous serions morts avant d'avoir pu dire un seul mot !

Alors nous attendons patiemment que le moment soit venu de rendre des comptes, nous attendons que ton père rentre de la guerre pour que la vie reprenne, enfin, son cours normal.

Quand je vois ce qu'il reste des efforts que Sire Hugues a fait pour notre ville : les constructions de routes, l'agrandissement de la ville. Notre comté se développait économiquement : les foires rayonnaient il y a encore quelques mois. Qu'est devenu tout cela maintenant ? Mais que pouvons-nous faire seuls ? Nous qui ne sommes que des vilains, comme ils disent. Mais les vilains ce sont eux qui ne cessent d'accumuler l'argent des autres et d'en faire une valeur essentielle. Nous sommes tout juste bons à leur porter notre argent qu'ils attendent pour s'enrichir sur notre dos.

Oh ! Les choses allaient bien autrement du temps du seigneur Hugues et il nous tarde qu'il revienne.

Odilon avait écouté, avec attention et une vive émotion, le récit de Geoffroy et celui-ci corroborait la conversation qu'il avait eue avec Robert la veille.

\-   Je ne crois pas qu'il faille attendre son retour, estima-t-il enfin après plusieurs longues minutes de silence.

\-   Que veux-tu dire ? demanda Geoffroy stupéfait.

\-   Il faut réagir vite, poursuivit Odilon, et prendre Garin par surprise, en déjouant ses plans.

\-   Pourquoi Garin est-il après toi ?

\-   Je n'en sais rien. Je crois qu'il veut s'approprier le pouvoir et ne pas laisser derrière lui quelqu'un qui pourrait lui réclamer des comptes.

\-   Il est à tes trousses ?

\-   Il me poursuit depuis plusieurs jours. Moi aussi je suis contraint de me cacher et ma mère et ma sœur sont en grand danger !

\-   Alors petit, c'est la providence qui t'envoie ! Si tu as besoin d'aide, tu peux compter sur nous ! Mes hommes sont valeureux et ne craignent pas de se battre. Beaucoup d'entre eux seront fiers de se battre à tes côtés ! S'il y a quelques lances à rompre, un peu d'exercice nous fera du bien !

Odilon cru discerner, pour la première fois depuis le début de leur conversation, une lueur briller dans les yeux de Geoffroy.

- Je m'en souviendrai. Puis-je continuer mon chemin maintenant ? demanda Odilon.
- Bien entendu, et je ne veux pas savoir où tu te rends ! fit-il avec un clin d'œil. Tu as raison, tu es jeune et prudent, c'est bien, et tu es courageux de surcroît. Ton père serait fier de toi.

Ils sortirent de la cabane improvisée de Saurus.

Autour d'eux, la fête battait son plein.

- Tu restes avec nous ce soir pour dîner ?
- Ce n'est pas de refus. Je n'ai pas mangé depuis... une éternité !

Après un copieux repas, résultat de la chasse de l'après-midi, Odilon se prépara à quitter le camp.

- Prends bien garde à toi petit. La forêt est dangereuse et tu es bien jeune.
- Ne vous inquiétez pas pour moi. Merci pour tout ! À bientôt peut-être.
- Amenez le cheval du garçon et raccompagnez Odilon un bout de chemin cria Saurus à Enguerrand et Adalbéron.

Odilon enfourcha son cheval et s'éloigna, flanqué de ses deux gardes du corps, Enguerrand, le grand et longiligne et Adalbéron, le petit rond.
Le contraste de leur physique donnait au couple qu'il formait en marchant, l'un à côté de l'autre, un côté comique.

Bientôt, ils le laisseraient aller seul et Odilon disparaîtrait dans les premières brumes de l'aube.

Chapitre XXVII

Une sévère remontrance

Le sergent Raoul et Giraud étaient arrivés au château, au moment même où Odilon se trouvait aux prises avec les brigands de la forêt.

Ils furent reçus par Garin qui, s'attendant à les voir revenir avec Odilon, fut surpris par l'effronterie de ces deux hommes qui osaient se présenter devant lui, seuls.

-        Et alors ? demanda Garin à Raoul. Qu'est-ce que cela veut dire ?
-        Nous venions voir si, par hasard, Odilon ne serait pas venu se cacher au château dit simplement Raoul
-        Dois-je comprendre que vous l'avez perdu ?

Ce fut Giraud qui prit la parole.

-        Nous avons suivi sa trace, mais... C'est un peu comme s'il avait toujours un temps d'avance sur nous. On a fouillé partout, messire. Comme il est nulle part, nous avons pensé... que peut-être... il serait au château.
-        Vous le croyez assez bête pour revenir ici, alors qu'il doit être au courant maintenant de tout ce qui se trame contre lui ?

Raoul baissa la tête. Il savait que Garin avait raison, mais il ne voulait pas non plus s'avouer vaincu.

-       Peut-être ne le sait-il pas encore ? Comment pourrait-il le savoir ? osa Giraud

-       Où devait-il aller une fois sorti du souterrain ? interrogea Garin sans faire attention à la remarque de Giraud

-       Chez le maréchal-ferrant répondit Raoul

-       Y êtes-vous allés ? continua Garin

-       Oui, mais il n'y était pas ! dit Raoul

-       Il faut absolument interroger cet homme pour en savoir plus. Retournez le voir ! Et faites-le parler !

Raoul regarda Giraud.

-       C'est-à-dire… commença Raoul gêné.

-       Quoi ! hurla Garin.

-       … Il a disparu termina Giraud.

-       Disparu ? s'écria Garin hors de lui.

-       Oui… enfin… pendant le laps de temps où nous étions retournés à l'abbaye pour voir notre informateur…

-       Sur votre demande Messire coupa insolemment Giraud.

-       … le maréchal-ferrant en a profité pour quitter la ville avec toute sa famille.

Garin leva les bras en l'air.

-       Ce maudit maréchal-ferrant a quitté la ville brusquement et vous ne pensez pas que cet homme a quelque chose à se reprocher ? Vous êtes de triples imbéciles, doublés de bons à rien !

-       On a fait tout ce qui était en notre pouvoir pour rattraper Odilon. Que pouvons-nous faire de plus ? Ce garçon est le diable !

-       Ne dites pas de bêtise. Il ne doit pas nous échapper ! Vous m'entendez ? Il faut me le retrouver, mort ou vif ! Je ne peux pas me permettre de prendre des risques inutiles.

-        Nous comprenons bien messire, mais... commença Raoul tout de suite interrompu par Garin.

-        Il n'y a pas de, mais, coupa Garin. Odilon est sûrement quelque part. Il ne peut pas s'être volatilisé comme par enchantement ! Êtes-vous sûrs d'avoir fouillé partout ?

-        Partout répondit Raoul.

Garin réfléchissait en se pinçant le menton.

-        Vous êtes retournés à l'abbaye m'avez-vous dit ?

-        Oui, répondit Raoul

-        Y êtes-vous entrés ?

-        Euh...

-        Quoi... « Euh » ?

-        Non, admit Raoul

-        Alors, rentrez-y !

-        Mais le Père Abbé...

-        Le père Abbé n'a rien à dire, vociféra Garin

-        Il nous empêchera d'entrer

-        Alors, tuez-le ! Rien, vous m'entendez, rien, ne doit se mettre sur votre route et vous empêcher de retrouver ce garçon coûte que coûte ! ordonna Garin.

-        Bien messire, accepta Raoul à contrecœur

Garin regarda pensivement Giraud.

-        Et dans la forêt ? lui demanda-t-il.

-        Comment cela messire ? demanda Giraud.

-        Dans la forêt, vous êtes allés voir dans la forêt ?

-        Ah ça, non alors ! s'écria Raoul.

-        J'avais bien proposé d'y aller, mais... commença Giraud.

-        ... nous avons préféré venir ici avant, termina Raoul avant que Giraud n'ait fini sa phrase.

- Vous allez me passer tout le comté au peigne fin et me ramener ce garçon ! C'est compris ?

Raoul et Giraud se regardèrent.

- Vous savez messire que... tenta Raoul.
- Quoi encore ! vociféra Garin.
- Nous ne pouvons pas entrer dans la forêt...
- Ne dites pas de sottises !
- Cette forêt est hantée ! continua Raoul. J'ai perdu les meilleurs de mes hommes quand ils ont poursuivi les brigands. Je ne veux pas y retourner !
- Sornettes que tout cela ! Vous entrerez dans la forêt s'il le faut. Je me moque de vos craintes. Ce que je veux, c'est Odilon ici ce soir ! Et cela, même si vous devez y laisser votre vie ! Débrouillez-vous comme vous voulez. Et ne revenez pas ici sans lui, c'est clair ? fulmina Garin.
- Très clair messire, répondit Giraud qui prenait un certain ascendant sur Raoul.
- Alors, allez ! termina Garin.

Raoul et Giraud s'éloignèrent dépités.

Chapitre XXVIII

Bertille prend un risque

Depuis leurs chambres, aucun des propos qu'avait échangés Garin avec les chefs des Lupus n'avait échappé à Hermeline et Bertille qui avaient suivi toute leur conversation avec le plus grand intérêt.

Après le départ des deux hommes, Bertille rejoignit sa mère dans sa chambre en utilisant la porte communicante entre leurs deux chambres.

-        Tu as entendu Maman ? interrogea Bertille.
-        Oui ma chérie répondit Hermeline encore accoudée à la fenêtre.

Hermeline avait le teint blanc et ses membres tremblaient.

-        Il faut que j'aille retrouver Odilon pour le mettre en garde et le prévenir de ce qui se passe ici.
-        Mais comment comptes-tu t'y prendre, ma chérie ? Même Raoul qui le poursuit jour et nuit ne sait pas où il se cache !
-        Moi je le sais ! répliqua Bertille d'un ton assuré.
-        Que veux-tu dire ? demanda Hermeline intriguée.
-        Il n'y a qu'un endroit où Odilon peut être allé se cacher répliqua Bertille d'un ton sec.
-        Lequel ? demanda Hermeline avec curiosité.

- Tu te souviens de la cabane de chasse que papa nous a construite dans la forêt ? Nous y passions de longues heures ensemble.
- Oui ! En effet, je m'en souviens ! s'exclama Hermeline avec nostalgie.
- Je suis certaine qu'Odilon est allé se cacher là-bas !
- Dans la forêt ? interrogea Hermeline soudain inquiète.
- Bien sûr ! C'est le seul endroit où il est en parfaite sécurité.
- Mais te rends-tu compte de ce que tu me dis, Berty ? Odilon n'est peut-être jamais arrivé jusque-là ! Les brigands qui rôdent dans la forêt l'ont peut-être déjà tué ! Oh, mon fils, mon fils chéri !

Hermeline se mit à sangloter.

- Maman ? dit doucement Bertille.

Hermeline leva la tête : ses yeux étaient remplis de larmes.

- Il n'y a qu'une façon de savoir si Odilon est encore en vie.
- Laquelle ma chérie ?
- C'est d'aller jusqu'à la cabane dans la forêt !

Bertille avait prononcé ses derniers mots d'une voix douce et assurée pour ne pas brusquer sa mère.

- Tu as de ces idées ! Et comment comptes-tu parvenir à sortir du château ? Le château est tellement bien gardé !
- J'ai un avantage sur les Lupus : je connais un raccourci ! lança Bertille
- Un raccourci ? répéta Hermeline surprise. Rappelle-toi que Laudine elle-même n'a pas été bien loin !

- Mais Laudine ne connaît pas l'existence du passage secret ! répartit Bertille avec malice.
- Du passage secret ? Quel passage secret ? demanda Hermeline stupéfaite.
- Nous y jouions souvent avec Odilon alors que nous étions enfants !
- Voilà la raison pour laquelle je ne vous retrouvais jamais ! s'exclama Hermeline.
- Peut-être.
- Mais je croyais ce passage secret impraticable depuis des années ! reprit Hermeline. Il a été construit par ton grand-père Adémar...
- Je connais l'histoire Maman, coupa nerveusement Bertille. Je peux te dire que le passage existe toujours et qu'il est toujours praticable ! C'est par là que je vais passer Maman : la sortie donne juste sur la lande entre le château et la forêt. Je ne risque rien d'essayer !
- Non rien en effet ! s'écria Hermeline. De cette façon, je perdrai, en une seule fois, mes deux enfants. Je t'en prie, ma chérie, réfléchie !
- C'est tout réfléchi, Maman je partirai ce soir !
- Ah ça non ! ordonna Hermeline. Je te l'interdis ! C'est beaucoup trop dangereux.
- Maman il n'y a que nous qui connaissons ce passage secret et il n'y a qu'Odilon et moi qui connaissons la cabane dans la forêt. Il ne m'arrivera rien, rassure-toi.
- Puisses-tu dire vrai, mon ange !

Hermeline serra très fort sa fille dans ses bras.

- Mais, j'y pense ajouta-t-elle. Si Odilon était toujours à l'abbaye caché par le Père Abbé ? Y as-tu pensé ? Tu risquerais alors ta vie inutilement.

- Oui, c'est vrai, je n'y avais pas pensé admit Bertille.
- Que ferais-tu seule dans la forêt ?

Bertille réfléchit quelques minutes puis répondit à sa mère.

- Je prends un risque, c'est vrai. Mais ce n'est rien comparé à celui que je prends si je reste ici sous le joug de Garin. On ne peut pas le laisser ainsi agir à sa guise plus longtemps sans réagir. Il faut faire quelque chose. Tout au moins, prévenir que l'on est retenues prisonnières contre notre gré dans notre propre château. Il faut que j'aille chercher de l'aide. Si je ne retrouve pas Odilon, je trouverai bien quelqu'un qui pourra nous aider.
- Mais ces brigands ma chérie qui, dit-on, rodent dans la forêt, n'as-tu pas peur d'eux ?
- Ces brigands ? Qui sont-ils ? Nous ne le savons pas. Nous ne savons rien d'eux. Ils n'existent que par ce que Garin nous en a dit. Ne trouves-tu pas étrange qu'ils apparaissent brusquement au moment où Garin tente d'usurper le pouvoir ? J'ai dans l'idée que tout cela est un coup monté par Garin pour nous faire peur et nous éloigner de la forêt.
- Que dis-tu là ?
- Je veux en avoir le cœur net. S'ils sont contre Garin, peut-être seront-ils avec nous ? Je dois tenter ma chance !
- Et si Odilon était aux mains des brigands ?
- Si Odilon a pu échapper aux soldats de Garin, il a sûrement pu échapper aux brigands. Tu oublies que c'est un futur chevalier, il est jeune c'est vrai, mais j'ai confiance en lui.
- Tu as peut-être raison, ma chérie admit Hermeline. De toute façon, nous ne pouvons attendre plus longtemps.
- C'est la raison pour laquelle, je pense qu'il faut que je parte dès ce soir, lorsque la nuit sera noire pour passer plus inaperçue, tranche Bertille.

-     Ne veux-tu pas, au moins, que quelqu'un t'accompagne ?

-     Qui veux-tu qui m'accompagne ? Non Maman, ce serait beaucoup trop dangereux. Tu peux cacher ma disparition à Garin, mais tu ne pourrais pas cacher celle d'une tierce personne bien longtemps. Je ne veux faire courir de danger à personne. J'essaierai de rester en contact avec toi. Ne t'inquiète pas !

-     Mais notre chambre est surveillée ? Comment vas-tu réussir à sortir d'ici ?

-     Tant que les soldats sont occupés à chercher Odilon, la garde est réduite au château. C'est pour cela qu'il faut que je profite de l'occasion. Je dois atteindre la forêt avant eux. Dans quelques heures, je serai au rocher de la vache noire.

Bertille embrassa tendrement sa mère. Hermeline savait qu'il était inutile d'insister lorsque Bertille avait pris une décision : sa fille ne reviendrait jamais dessus !

-     Pendant ton absence, je mettrai sur pied un contre-complot pour contrer celui de Garin précisa Hermeline. Dis-toi bien, ma chérie, que, quoi qu'il arrive, je ne dévoilerai jamais ta cachette ! Compte sur moi pour te protéger et garder ta disparition secrète aussi longtemps qu'il me sera possible de la faire.

-     J'y compte Maman. Tu as toujours ton épingle à cheveux ?

-     Oui répondit Hermeline intriguée.

-     Alors, voilà ce que nous allons faire.

CHAPITRE XXIX

La cachette secrète

Il était à peu près tierce, lorsque Odilon arriva près de la cabane en bois que son père lui avait construite dans la forêt.

Cette cabane servait de rendez-vous de chasse, mais son père l'utilisait également pour se cacher et épier à loisir les animaux qu'il chassait.

Odilon mit pied à terre et donna une petite tape sur la crinière de son cheval.

- Merci pour tout, bel étalon. C'est bien aussi grâce à toi, si je suis arrivé jusqu'ici. Il faudra que je te donne un nom. Qu'en penses-tu ? Pourquoi pas Victoire ?

En guise de réponse, le cheval hennit longuement ce qui fit dire à Odilon que ce nom lui convenait.

Odilon se dirigea ensuite vers la cabane et entra. Il promena son regard autour de lui : l'endroit était exigu, mais il ferait l'affaire.

Odilon ne put s'empêcher de ressentir un petit pincement au cœur en se remémorant les bons moments qu'il avait passés avec son père dans cette cabane : après la chasse son père et lui venaient souvent se reposer ici.

Mais sa cabane à lui, sa cachette secrète, était située un peu plus loin de là, à l'abri des regards. Perchée tout en haut d'un arbre, en équilibre entre quatre gros chênes sur lesquels elle s'appuyait, la cabane d'Odilon n'était accessible que grâce à un ingénieux mécanisme, qui dissimulait une échelle de corde parmi les lianes et les branches bien fournies des arbres alentour.

Pour se rendre à sa cachette, il lui fallait ressortir de la cabane et se diriger vers un groupe d'arbres situé non loin de là.

Il s'apprêtait à le faire lorsqu'il tomba nez à nez avec Maître Hann.

-       Tiens, c'est vous Maître Hann ?! s'exclama Odilon. Vous m'avez fait peur !
-       Comment vas-tu depuis la dernière fois ? demanda le vieil homme.
-       Bof, pas trop mal en fait. Je n'ai pas eu vraiment le temps de me poser la question, si vous voyez ce que je veux dire ! Je ne sais pas si vous avez suivi toutes mes péripéties, mais je n'ai pas eu une seconde à moi depuis notre dernière conversation.

Maître Hann sourit.

-       Décidément se dit-il, ce petit est très prometteur.

Puis il ajouta en direction d'Odilon :

-       Tu me fais visiter ta cabane secrète ?
-       Évidemment vous savez cela aussi ? s'exclama Odilon qui ne s'étonnait plus de rien. C'est par là, suivez le guide ! Vous

allez voir : c'est magnifiquement ingénieux dit-il les yeux pétillants de malice.

Ils firent quelques pas vers la droite et s'arrêtèrent devant un gros chêne centenaire.

Odilon se hissa sur quelques mètres en s'aidant d'une branche et découvrit, cachée entre les feuilles une longue liane tressée sur laquelle il tira d'un coup sec ce qui fit apparaître un escalier de cordes escamotable qui se déplia jusqu'à terre.

-        Voilà mon secret, dit fièrement Odilon. C'est mon antre. Vous pouvez monter voir si vous voulez.

Maître Hann se risqua prudemment à gravir, une à une, les marches en bois qui le menèrent à un petit orifice où il passa délicatement la tête.

À l'intérieur, les feuilles s'amoncelaient. L'arrivée impromptue du vieux sage, effraya un couple d'hirondelles dans le nid duquel deux adorables oisillons piaillaient pour réclamer leur nourriture.

Ce mystérieux et ingénieux édifice tenait grâce à la proximité de quatre arbres situés à presque égale distance les uns des autres et formant une sorte de figure géométrique carrée. Les branches de ces arbres s'étaient entremêlées, entrelacées formant ainsi un solide terre-plein sur lequel venait s'appuyer la cabane. Le reste n'avait été qu'un jeu d'enfant à construire. L'ensemble formait une cachette paradisiaque.

À l'intérieur de cette cabane perchée, la vue était, elle aussi, imprenable : la fenêtre de gauche — ou plutôt devrait-on dire le trou qui en faisait office — avait une vue assez dégagée, jusqu'au rocher de la vache noire d'où Odilon était arrivé ; celle de face ouvrait sur l'épaisse forêt qui s'étendait à perte de vue ; quant à celle de droite, elle donnait sur la route que les marchands et autres pèlerins empruntaient, obligatoirement, s'ils voulaient arriver à la ville et permettait également d'apercevoir une grande partie du lac qui se trouvait à proximité.

Cette cabane constituait un endroit stratégique et un point de chute évident pour Odilon qui se trouvait dans sa cabane en parfaite sécurité tout en pouvant surveiller, à sa guise, les alentours.

- C'est parfait ! dit Maître Hann. Tu seras très bien ici quand tu auras fait un peu de ménage.

Il tapota son habit qui, comme ses chaussures, était couvert de terre et de feuilles mortes, souvenir de l'automne précédent.

- C'est prévu ! répondit Odilon. Pour le moment, il faut que je songe à manger. Je meurs de faim.

Il ajouta avec gourmandise.

- Le lac regorge de magnifiques poissons, tous meilleurs les uns que les autres et la forêt alentour possède des arbres aux fruits délicieux. Partagerez-vous mon repas ?
- Bien volontiers répondit le vieux sage.

Il avait remarqué un changement dans l'attitude d'Odilon qui le remplit de joie. Il lui semblait qu'en ce moment il était dans son élément heureux et libre. Il fut conforté dans son analyse lorsqu'il vit Odilon partir, d'un pas volontaire, vers le petit lac.

Les feux brillants de l'aurore avaient laissé place à un franc soleil qui inondait le ciel et se reflétait dans les eaux paisibles du petit lac situé au milieu d'une vaste plaine semée, çà et là, d'arbres isolés, d'arbustes et de buissons qui formaient un espace, malgré tout, assez découvert.

Quelque temps plus tard, les poissons, fraîchement pêchés, dont regorgeaient le lac et les fruits, juste cueillis, se trouvaient, en abondance, sur la table de fortune qu'Odilon avait confectionnée à l'aide d'un tronc d'arbre qu'il avait disposé non loin d'un feu de bois.

- Je ne comprends pas ce qui m'arrive en ce moment, commença Odilon tout en dégustant le délicieux festin qu'il avait préparé. Pourquoi tant de haine envers notre famille qui n'a toujours cherché que le bien de tous même celui de Garin ? Quel plaisir lui et Raoul, son homme de main, éprouvent-ils à faire le mal en détruisant tout ce que mon père a construit avec tant de peine ? Qu'est-ce que cela leur procure ? Ils ont au moins un siècle de retard !
- Cela fait beaucoup de questions ! ironisa Maître Hann

Odilon poursuivit sans se laisser troubler.

- Je pense que Garin devrait limiter ses exactions s'il ne veut pas s'attirer les foudres de la population.
- À moins que cela ne soit une aubaine pour toi ?
- Comment cela ?
- Connais-tu le conte hindou de l'oiseleur ?
- Non !
- Un oiseleur avait pris dans son filet deux oiseaux, mais au moment de les retirer du filet il les laissa

malencontreusement s'envoler. Il se mit alors à courir derrière eux. Alors qu'il passait devant la cabane d'un moine, celui-ci fut surpris de sa conduite et lui en fit la remarque en lui expliquant qu'il ne pourrait jamais rattraper ces oiseaux.

Mais l'oiseleur lui répondit qu'il avait tort. S'il était vrai qu'il ne pouvait rien contre ces oiseaux tant qu'ils volaient côte à côte, il serait temps pour lui de les attraper le jour où ils se disputeront. Alors, ils ne penseront plus qu'à la lutte et reviendront sur la terre ferme sur laquelle ils estimeront qu'ils pourront mieux se battre l'un contre l'autre.

- Et alors ?
- Réfléchis ! intima le vieil homme
- Voyons les deux oiseaux... Il peut s'agir de Garin et Raoul.

Une lumière illumina le visage d'Odilon.

- Mais oui ! C'est vrai ! Garin n'est rien sans Raoul et Raoul ne peut rien sans Garin !
- Donc tu en conclus ?
- Qu'il faut que j'arrive à les séparer. Mais comment ?
- La morale de cette histoire est que, comme ces oiseaux, Garin et Raoul seront victimes de leurs ennemis et des circonstances dès qu'ils cesseront d'être d'accord. Alors, ils se combattront et se haïront au lieu de s'entendre.
- Mais comment puis-je arriver à séparer Raoul de Garin et faire qu'ils se disputent ?
- Si tu n'y arrives pas moralement, tu dois t'arranger pour y arriver physiquement.
- Vous voulez dire en les attaquant l'un après l'autre ?
- Absolument.
- Mais c'est une idée lumineuse !

- Un problème bien posé est à moitié résolu, fit le vieux sage en posant sur Odilon un regard affectueux

- Moi qui cherche toujours à apaiser les choses, voilà que je suis contraint de les envenimer pour mon propre profit ! La paix n'est-elle pas pourtant la condition du bonheur et de la réussite ?

- Certains penseurs se sont représenté le monde comme un gigantesque champ de bataille où les contraires luttent les uns contre les autres.

- C'est-à-dire ?

- Le chaud entre en conflit avec le froid, le jour avec la nuit...

- Et y a-t-il un vainqueur ?

- Non justement. C'est cette lutte qui féconde l'univers et le tient debout. Sans ce jeu des contraires, le monde n'existerait peut-être plus.

- Vous croyez ?

- Prends l'exemple des trois grands Dieux de l'Inde : Brahmâ est le Dieu de la Création : c'est lui qui a créé l'Univers ; Vishnou, le Dieu d'infini bonté, représente le conservateur du Monde ; quant à Civa, c'est le Dieu de la destruction.

- Et alors ?

- Ces trois Dieux sont tous différents, mais ils n'en sont pas pour autant opposés les uns aux autres : ils représentent plutôt les différents aspects de l'Être.

- De quelle façon ?

- Un Être est tout d'abord créé : il naît. Puis, il se maintient en vie. Et enfin, il est détruit : il meurt.

- Vu comme ça, en effet, les trois sont utiles et si l'un d'eux venait à manquer, nous n'existerions plus.

- N'apprécies-tu pas d'être en bonne santé ?

- Bien sûr que si !

- Pourquoi ?

-       Parce que je n'aime pas quand je suis malade, pardi !

-       C'est justement la maladie qui rend agréable la santé : si tu n'as jamais été malade, tu ne sais pas ce que c'est que d'être en bonne santé !

-       J'ai compris ! C'est la même chose que pour la faim : c'est agréable de manger à sa faim quand on le peut.

-       C'est cela. Et tu apprécies de manger à satiété parce que tu sais ce que c'est que d'avoir faim !

-       Maintenant, je peux le dire, en effet ! remarqua Odilon en riant.

Il avala goulûment une nouvelle bouchée et enchaîna.

-       Et si un élément ne se plie pas à cette règle d'égalité ? S'il empiète sur le territoire de l'autre ? Que se passe-t-il ? demanda Odilon songeur.

-       On dit qu'un super élément le repousserait jusqu'à l'intérieur de sa frontière naturelle, répondit Maître Hann. S'il n'y avait pas une telle lutte, le monde ne serait qu'un lieu désert et vide.

-       Mais on ne peut pas passer son temps à se battre ? fit remarquer Odilon.

-       Certains penseurs ont imaginé le monde comme un gigantesque drame dans lequel la vie suit un rythme de quatre actes.

-       Quel est le premier acte ?

-       C'est le règne de la Haine : c'est-à-dire une période de révolte et de guerre.

-       Le deuxième acte ?

-       C'est l'une des périodes transitoires : celle du passage de la guerre à la paix.

-       Le troisième acte ?

-       C'est le règne de l'Amour où le Monde est pacifié.

- Et le quatrième acte ?
- C'est l'autre période de transition : celle du passage de la paix à la guerre.
- Et le cycle recommence éternellement ?
- Les uns à la suite des autres.
- Et cette lutte ne conduit jamais au chaos ? fit Odilon la bouche pleine.
- Non, car elle est régulée par la Justice qui remet de l'ordre.
- D'une certaine façon, les périodes d'accalmie représentent le calme avant la tempête !

Odilon posa l'arête de son poisson sur le billot de fortune et se frotta les mains.

- Cela me fait penser à une légende que j'ai lue alors que j'étais à l'abbaye sur l'origine des choses : il y est dit que, au commencement, c'est le chaos où tous les êtres sont confondus. Puis, c'est du chaos que naît la Terre d'où sont sortis les hommes et les Dieux. Et il fallut plusieurs générations de dieux et de violentes révolutions pour finir par assurer le règne de Jupiter.
- Et Jupiter et les dieux de l'Olympe luttèrent contre les fils de la Terre, les Titans, qui finirent par être foudroyés et vaincus, précisa Maître Hann.
- Il faut donc toujours lutter pour arriver à la Paix ?

Maître Hann marqua une pausa avant d'ajouter :

- Pour illustrer notre propos, te rappelles-tu la posture que tu avais lorsque les brigands t'ont attaché pour te ramener à leur camp ?
- Oh, ça oui alors ! c'était très désagréable et très douloureux.

- Pour les Indous, cette posture s'appelle la « posture d'Éveil ».
- Ah bon ? Et alors ?
- On la nomme ainsi parce qu'elle permet aux énergies de circuler librement à travers le corps, au sang d'irriguer le cerveau et les organes et aux nerfs de la colonne vertébrale de se détendre et de s'assouplir.
- C'est curieux, mais je n'ai pas ressenti cela du tout ! Pour moi, c'était une véritable torture !
- Cette figure s'appelle aussi la posture de l'arc ! poursuivit Maître Hann sans se départir de son sérieux.
- Pourquoi ? demanda Odilon intrigué.
- Tout simplement parce que la position que tu avais ressemblait à celle d'un arc tendu.
- Ah oui ? Peut-être...
- Et cela n'est pas un hasard.
- Pas un hasard ?
- En grec le mot « arc » et le mot « vie » se prononcent bios tous les deux.
- Et alors ?
- Quand tu veux tirer sur quelqu'un : tu tends ton arc.
- Oui.
- Le bois se cabre, les cordes se tendent. Une fois tendu, l'arc malgré son apparence statique symbolise la vie.
- Parce qu'il est en extension et non au repos.

Maître Hann opina du bonnet.

- Et pourtant si l'arc tendu symbolise la vie, sa fonction est d'engendrer la mort.
- C'est pourtant vrai !
- Imagine qu'un élément prenne le dessus sur l'autre.
- Le bois craquerait ou la corde céderait par exemple ?

- C'est cela, répondit Maître Hann.
- Alors l'arc serait inutilisable ! s'exclama Odilon fièrement.
- Donc cette victoire correspondrait à un suicide !
- Autrement dit reprit Odilon qui tenta de reformuler ce que venait de dire le vieux sage, si l'on transpose ce que vous venez de me dire à mon histoire, cela revient à dire que je ne dois pas faiblir devant mes adversaires, car leur disparition équivaudrait à ma propre disparition.

Le visage du vieil homme s'éclaira : son élève apprenait décidément très vite.

- Il faut que tu saches encore que cette posture est celle qu'adopte le Yogi en Inde.
- Ah bon ?
- C'est l'inverse de la position fœtale. L'être n'est plus replié sur lui-même, mais ouvert, comme tiré en arrière.
- C'est vrai. Et je peux vous dire que pour être tiré en arrière, j'étais tiré en arrière !
- Le Yogi conserve ainsi cette position stable de longues minutes en respirant tout à fait normalement tout en se balançant ce qui fait penser à un enfant qui vient de naître et que l'on bercerait. Ce balancement est constant : il représente le balancement permanent, fondamental de l'univers. C'est une sorte d'éveil de la conscience !
- Pensez-vous que cela m'a fait évoluer ? demanda Odilon
- Peut-être… En tout cas, cela t'a fait changer irrémédiablement, conclut Maître Hann.
- C'est curieux ce que vous dîtes, reconnu Odilon. Toutes ces aventures que j'ai vécues ces derniers temps m'ont fait douter de tout.

Maître Hann savoura un fruit puis ajouta :

-       Les failles et les faiblesses humaines entraînent souvent des désordres ou des problèmes. Mais ceux-ci ne sont jamais éternels : ils suivent le mouvement de la vie !

-       C'est une bonne nouvelle !

-       Garde toujours présent à ton esprit que, lorsque tu es plongé dans une situation pénible, l'important est de voir clair en toi.

-       Comment ?

-       Fais ton examen de conscience quotidien : demande-toi, en quoi tu as failli ? Si tu as manqué à tes devoirs ?

-       Je ne crois pas avoir jamais fait de mal à quelqu'un.

-       Fais également en sorte que personne par des paroles ou des actes ne te conduise à faire ou dire le contraire de ce que ferait ta véritable nature.

-       Autrement dit ?

-       Ne fais jamais rien sans connaissance de cause !

-       Vous avez raison ! admit Odilon.

-       Alors, si la clarté règne en toi, les troubles et la confusion extérieure ne t'atteindront pas.

-       Cela me demandera beaucoup d'effort, mais je pense que cela vaut la peine d'essayer !

-       Connais-tu Confucius ?

-       Oui.

-       Confucius a dit : « Vis comme en mourant tu voudrais avoir vécu ».

-       C'est tout à fait ce que je fais.

-       Il a dit aussi « Traite ton prochain, comme tu veux qu'il te traite ».

-       Ne pourriez-vous dire cela à Garin ? ironisa Odilon.

Le vieil homme sourit, de ce sourire énigmatique qu'Odilon lui connaissait bien maintenant.

-       Ces désordres ou ces problèmes dont vous parlez, continua Odilon, pensez-vous qu'ils puissent se reproduire à l'infini ?

-       Ils se reproduisent tant que les causes qui les génèrent sont présentes dans les comportements des hommes. Mais, du jour où ces hommes prennent conscience de leur erreur et cherchent à y remédier, alors c'est le début d'un véritable renouveau !

-       Si je comprends bien, ce qu'il faut c'est rester soi-même et ne rien brusquer. Tout arrive quand cela doit arriver.

Odilon garda le silence pour méditer un instant sur ce que Maître Hann venait de lui dire.

-       En conclusion, d'après vous, je devrais donc attendre le moment propice et me réjouir de ce qui se passe dans ma vie actuellement ?

-       Tout ce qui arrive est positif, même ce qui te paraît négatif sur l'instant : cela t'apporte toujours quelque chose. Il ne faut jamais forcer les évènements pour obtenir ce que l'on veut.

-       C'est à dire... ?

-       ... Qu'il ne faut jamais confondre la fin et les moyens.

-       Il ne faut pas forcer le destin, comme on dit reformula Odilon.

-       Une expansion artificielle n'est pas un signe de progrès ni d'évolution : elle ne dure jamais bien longtemps alors que l'authenticité coïncide toujours avec la pureté qui ne calcule ni ne compose.

-       Garin ne force-t-il pas les évènements en cherchant à les faire tourner à sa guise ? demanda Odilon.

Maître Hann ne répondit pas.

- Cela veut-il dire que son expansion n'est qu'artificielle et que, par conséquent, si je suis votre raisonnement, cette expansion ne durera pas longtemps ?
- J'en suis certain. Trop de haine, un jour ou l'autre, se retourne contre celui qui la ressent.

Odilon mâcha longuement la dernière bouchée qu'il voulait savourer jusqu'au bout.

- La vie est bien compliquée ! soupira-t-il. Mais vous avez sûrement raison. Cette période difficile que je traverse doit m'apprendre quelque chose. Il faut que je sache en tirer parti, voilà tout !

Maître Hann considéra Odilon : il sentait que ce jeune garçon qu'il avait rencontré en haut d'une colline un soir de printemps commençait à amorcer le changement qui ferait de lui un homme. Il avait mûri, il avait appris à réfléchir et surtout, Maître Hann trouvait Odilon plus déterminé que jamais.

- Pardonnez-moi, Maître Hann, mais je suis fatigué. Je crois que je vais aller me reposer un peu.
- Va mon petit, fit tendrement le vieux sage. Mais ne tarde pas à t'installer dans ta cachette secrète. Tu y seras plus en sécurité.

Odilon promit de suivre ce conseil et se dirigea vers la cabane de son père.

Quelques minutes plus tard, alors que sonnait sexte, le silence retentit à nouveau autour de lui, interrompu de temps à autre par le chant d'un rossignol.

Chapitre XXX

La sorcière

Odilon se réveilla une heure après none. Il avait fait un long somme et se sentait reposé. Il s'étira copieusement et sortit de la cabane pour respirer l'air pur. Il faisait beau. Il décida de descendre vers le lac pour faire un brin de toilette : il en avait bien besoin après toutes les aventures qu'il avait vécues durant ces dernières heures.

Il marchait d'un bon pas sans sentir la fatigue. Le soleil brillait généreusement et dardait ses rayons sur les feuilles des arbres qui reluisaient : cela leur donnait un aspect lustré qui réfléchissait les chauds rayons lumineux.

-      Le printemps est décidément une saison bien agréable ! pensa Odilon.

Tous ces arbres qui l'entouraient n'avaient pas encore de feuilles bien que sur certains d'entre eux apparaissaient déjà des prémices de bourgeons, preuve que la nature s'éveillait en sortant de sa torpeur hivernale. Odilon ne se lassait pas de regarder le paysage renaître après de si long mois d'hibernation.

Il se retourna et regarda en direction de la cabane. L'endroit où il se trouvait lui offrait un point de vue imprenable sur les arbres et l'orée de la forêt.

-      Heureusement, remarqua-t-il, que les chênes qui protègent la cabane ont des branches bien fournies. Le camouflage de ma cabane perchée reste ainsi efficace même en l'absence de feuilles.

Il se promit de suivre les conseils du vieux sage et d'aller nettoyer la cabane tout de suite après ces ablutions.

Le lac s'étendait devant lui à perte de vue montrant ainsi sa surface froide et givrée. La forêt alentour avait cette couleur particulière que lui donnaient les rayons du soleil aux premières lueurs de l'aube. Les oiseaux chantaient dans les arbres, un chant gai et enthousiaste comme pour fêter le retour à la vie de la nature. Tout ce spectacle qui se déroulait devant les yeux et les oreilles d'Odilon le ravissait, le ragaillardissait et le réconfortait. Cette communion forcée avec la nature lui faisait reprendre goût à la vie qui pour lui était, il en avait le sentiment, pour l'instant entre parenthèses.

L'éducation qu'Odilon avait reçue depuis son plus jeune âge lui avait fait apprécier cette nature que son père entretenait avec un immense respect. Les verts pâturages, les chevaux, le gibier, tout ce qui entourait le rituel de la chasse que son père affectionnait tant, lui avaient fait considérer la chasse comme un loisir, un passe-temps merveilleux où il pouvait mettre en pratique ses dons sportifs naturels. Cependant, Odilon qui aimait courir et attraper les bêtes n'appréciait pas du tout la mise à mort qu'il jugeait inutile. La chasse c'était, pour lui, le prétexte à de longues balades en forêt. L'hallali ne se justifiait nullement et même lui ôtait tout son plaisir.

Bientôt, Odilon espérait, tout au fond de lui, que ces simples loisirs reviendraient en même temps que son père rentrerait de la guerre. C'était son plus cher désir.

Mais pour l'heure, Odilon opta pour une promenade dans la verte forêt afin de repérer un peu les lieux alentour qu'il n'avait pas visités depuis bien longtemps.

Il reconnut très vite les endroits familiers où il avait passé de longues heures, seul ou avec sa sœur à jouer, courir ou galoper entre les arbres, dans les sentiers jonchés de feuilles jaunes livrées au gré de la brise matinale. Les sentiers où il mangeait, çà et là, des baies trouvées sur les buissons, comme il se surprit à le faire encore maintenant.

Son attention fut brusquement attirée par une modeste chaumière qu'il ne se rappelait pas avoir jamais vue dans les parages auparavant.

Poussé par sa curiosité naturelle, défaut de la jeunesse trop insouciante, et par un vif désir d'en savoir davantage, il se risqua à s'aventurer beaucoup trop près de la chaumière.

À peine avait-il fait quelques pas, qu'il se trouva face à une femme de petite taille, un peu courbée, branlant du chef, qui lui barra la route et lui apparut comme sortant de derrière la chaumière.

Sa longue chevelure grisonnante, laissée à l'abandon, cachait son regard. Un gros bouton perlait sur son nez crochu.

-       Te voilà enfin mon garçon ! s'exclama-t-elle. Suis-moi dans ma modeste demeure. Nous avons à parler.

Odilon s'immobilisa. Il jeta son regard alentour et rassembla, à grand mal, ses esprits.

-       D'où cette femme pouvait-elle venir ? se demanda-t-il.

Il n'avait entendu personne approcher, il en était sûr. Il avait pourtant l'habitude de flairer le gibier pendant la chasse. Pourtant, elle était bien là devant ses yeux, lui demandant d'entrer dans cette mystérieuse demeure qu'il n'avait, il en était certain, jamais vue ici auparavant.

-       Décidément, se dit-il, on rencontre de drôle de gens dans cette forêt qui était plutôt déserte autrefois !

Tout compte fait, cette vieille femme n'avait pas l'air bien méchante, exception faite de son aspect extérieur, qui, lui, était plutôt terrorisant. Sa physionomie était vive et intelligente quoiqu'elle s'efforçât d'en affaiblir l'expression par des mimiques expressives de son visage. Quant à sa voix, vibrante, elle avait une intonation pointue qui faisait froid dans le dos.

Cependant, une fois ressaisi, Odilon suivit cet étrange personnage à l'intérieur de sa cabane.

Une fois à l'intérieur, Odilon inspecta la pièce dans laquelle il se trouvait. Ce qui le frappa tout d'abord c'étaient les dimensions de cette pièce qui paraissait beaucoup plus grande vue de l'intérieur que de l'extérieur. Il se trouvait dans une pièce au fond de laquelle siégeait un gros chaudron dans lequel bouillait une mystérieuse préparation. De grosses flammes léchaient son pourtour et de grosses bulles mousseuses s'évaporaient au-dessus du chaudron.

Un chat noir lui frôla les chevilles et le fit sursauter. Sur les murs, des kyrielles, de petits pots étaient soigneusement rangés et étiquetés sur des étagères et le sol était jonché de parchemins, d'un grimoire et de livres déposés, çà et là, au gré de la fantaisie de l'occupante des lieux.

Odilon remarqua que sa cabane était mieux rangée que celle-ci et s'assit sur une chaise en gros bois que la sorcière lui indiqua après avoir ôté les bibelots qui se trouvaient dessus et l'avoir rapidement époussetée du revers de son bras.

- Assieds-toi, que je te regarde, dit-elle de sa petite voix aigrelette. Tu es bien comme je le pensais. Voilà un bon moment que je t'attends ! Ta venue me tardait je l'avoue. Comment vas-tu ?
- Ma foi, bien, répondit poliment Odilon perplexe sur les intentions de cette femme troublante.

Il ajouta :

- Comment me connaissez-vous ? Et comment pouvez-vous savoir que j'allais venir alors que je ne le savais pas moi-même ?!
- Comment ? Hi hi hi...! fit-elle de sa voix rauque et troublante. Mais parce que je sais tout, mon enfant ? ajouta-t-elle sur un ton péremptoire.

Elle portait une sorte de longue robe magenta et avait recouvert ses épaules d'un châle marron, ajouré à plusieurs endroits, sur lequel, il parut évident à Odilon que son chat avait dû faire ses griffes.

-       J'ai vu, dans les astres, ta venue et je t'attendais, ajouta la sorcière.

-       Vous savez lire dans les astres ? interrogea Odilon à la fois admiratif et intrigué.

-       Je suis issue d'une ancienne famille de magiciens et de devins, expliqua-t-elle. Notre technique, la science des astres, relève de coutumes ancestrales que nous nous transmettons, oralement, de génération en génération et que l'on respecte avec beaucoup d'humilité. Mais brisons là, je te disais qu'il me tardait de te connaître parce que j'ai un message à te transmettre.

-       Lequel ? demanda Odilon.

-       Tu es dans un fichu pétrin mon petit, à ce que je sais et il faut absolument que tu t'en sortes pour accomplir ton destin.

-       J'ai quelque chose à accomplir ? Moi ? demanda Odilon.

-       Tout le monde à quelque chose à accomplir répondit simplement la sorcière en regardant Odilon droit dans les yeux. J'ai préparé à ton intention plusieurs petites choses qui pourront t'aider dans ta démarche au moment opportun.

Tout en parlant, la sorcière saisit, de ses doigts crochus, une boite qui se trouvait derrière elle sur les tablettes posées contre le mur. Cette boite contenait plusieurs choses qu'elle semblait avoir préparées spécialement à l'intention d'Odilon dont le nom figurait sur la boite. À l'intérieur se trouvait un petit pot en terre.

-       Tout d'abord, voyons cet anneau. Il porte en lui des pouvoirs merveilleux. Pour cela, tu dois le mettre à ton annulaire et prononcer les paroles suivantes : «Auriculum annus invisibilis» tout en frappant trois fois sur l'anneau depuis l'intérieur de ta paume avec l'index de ta main droite. Alors, tu deviendras invisible.

-       Invisible ? demanda Odilon intrigué et quelque peu sceptique.

- Absolument. Mais prends garde, l'enchantement se volatilisera après trois usages et l'anneau deviendra alors inopérant.

- Mais comment ferai-je pour redevenir visible ?

- Il suffit que tu prononces les mêmes paroles, mais à l'envers : « Invisibilis annus auriculum » et tu reprendras ta forme normale, visible.

- Et après trois usages, que devient cet anneau ? continua Odilon.

- L'enchantement persistera, mais il se transformera. Ainsi, si tu le donnes à celle que tu aimes, alors tu pourras te prévaloir de l'attachement indéfectible de celle que tu auras convoitée.

Odilon prit l'anneau que lui tendit la sorcière.

- Mais attention ! fit celle-ci. Ne porte cet anneau que lorsque tu souhaiteras, vraiment, l'utiliser et, surtout, respecte scrupuleusement la procédure que je viens de t'indiquer, sinon...

- Sinon... ?

- ... la magie n'opèrera pas !

La sorcière fouilla à nouveau dans le pot.

- Ah oui, Pente Klaïos, le talisman que j'ai réalisé spécialement pour toi.

La sorcière exhiba une médaille sur laquelle était gravée une sorte de Rose des Vents accompagnée de lettres, de nombres et de symboles.

\-   Ce talisman est magique. Il te protégera de tes ennemis et t'aidera à les vaincre. Ne le perds pas, ne le quitte jamais, sinon l'enchantement disparaîtra.

Odilon, en bon élève, prit docilement le talisman qu'il regarda longuement avec perplexité. C'était une sorte de pièce.

\-   Si cette excentrique dit vrai, se dit-il, je serai protégé par cette simple pièce !

Bien que réticent Odilon aurait voulu croire ce que disait cette sorcière. Il en avait tellement besoin ! Mais de nombreuses questions se bousculaient dans sa tête à cet instant. Pourtant, il se garda bien d'émettre des doutes devant cette femme qui l'impressionnait beaucoup, bien qu'elle semblait faire tout ce qui était en son pouvoir pour lui venir en aide.

Pendant ce temps, la sorcière continuait de fouiller dans le pot.

\-   Voilà enfin une poudre très précieuse.

Elle exhiba une petite boite carrée, fermée hermétiquement.

\-   Mandragora ! dit-elle l'air victorieux. Tu en mets quelques pincées dans un liquide ou un mets et ceux qui le boivent ou le mangent s'endorment immédiatement dans un long sommeil.

\-   Hum... Cela peut être utile en effet, admit Odilon.

\-   Cette plante est un remède miracle qui a des vertus somnifères, anesthésiantes et hallucinogènes, compléta la sorcière.

\-   Ah bon ?

\-   Oui. Mais, il faut, là encore, que je te mette en garde petit. Cette poudre a des pouvoirs magiques qui peuvent être fatals : elle contient un poison mortel.

-       Lequel ? demanda Odilon songeur.
-       L'atropine.

La sorcière marqua une pause et se mit à sourire laissant apparaître derrière les lèvres une bouche où il manquait plusieurs dents. Odilon profita du silence pour poser les questions qui lui brûlaient la langue.

-       Comment cela, un poison mortel ? Comment une plante qui contient un poison mortel peut-elle également servir de remède miracle ?
-       Parce que le mal peut aussi faire le bien. Écoute cette histoire : le poison contenu dans la mandragore, l'atropine, tient son nom d'Atropos, l'une des trois Moires, déesses du destin dans la mythologie grecque.

 Atropos, dont le nom signifie « inflexible », est la fille de Zeus et de Thémis, la déesse de la Justice éternelle. Elle et ses deux sœurs Clotho et Lachésis, sont les fées de la destinée : elles tissent les jours de tous les humains et fixent leur destin.
L'aînée, Clotho tient la quenouille sur laquelle se trouve la laine qu'elle file et qui représente le fil de la vie de l'humain sur la terre. La puînée, Lachésis place le fil sur le fuseau et le tourne dévidant ainsi le sort de tout homme, mélangeant les laines : blanches et or pour les jours heureux et noirs pour les jours sombres.
De ces trois fées, Atropos, la cadette, est celle qui mesure la longueur de la vie. Elle est chargée du coup de ciseau fatal qu'elle donne à l'aide d'une paire de ciseaux d'or, déterminant irrévocablement le moment de la mort à l'instar du poison qui coupe le fil de la vie !

-       C'est une étrange histoire ! reconnut Odilon.

-       Cette poudre te protégera aussi des maléfices et attirera à toi, l'amour termina-t-elle.

Elle tendit, l'œil goguenard, la boite à Odilon. Odilon prit la boite et glissa le tout dans la bourse qu'il portait toujours à la ceinture.

-       Comment pouvez-vous être sûre des effets que vous me prédisez ? Puis-je être sûr de leur efficacité ? se permit de demander Odilon.

-       N'ai aucune inquiétude, petit, tout ce que je t'ai prédit arrivera, tu peux me faire confiance. Mais n'utilise pas ces objets à la légère. J'ai étudié les plantes qui soignent. Comme je viens de te le démontrer avec la mandragore, les plantes ont des vertus médicinales, mais elles peuvent aussi être très dangereuses. Il faut savoir les utiliser à bon escient.

-       Oui, je comprends en effet ! acquiesça Odilon.

-       La nature est si riche, mais l'homme en ignore toutes les vertus. Il méconnaît les pouvoirs des aliments qui l'entourent et qui le font vivre. N'oublie jamais que je me sers de mes connaissances sur les vertus des éléments de la nature pour soigner les gens et assurer leur bien-être. Je ne veux que ton bien mon enfant. L'homme a quelque chose de sacré pour l'homme.

-       Je vous remercie.

-       Il faut encore que je te mette en garde sur une dernière chose, ajouta la sorcière. À quelques pas d'ici, se trouve un arbre centenaire que l'on appelle « fata chena », le connais-tu ?

-       Oui, je me suis souvent demandé pourquoi on l'appelait ainsi, admit Odilon.

-       Et bien, prends garde à toi ! Cet arbre est habité par une fée capable du meilleur comme du pire.

-       Mais une fée n'est jamais méchante ?

- Celle-ci a la particularité d'être serviable et gentille, mais parfois elle pousse ces qualités à l'extrême et en devient envahissante.
- Merci de me prévenir.
- Cependant si tu te trouves dans une situation difficile, elle peut te rendre de grands services.
- De quelle façon ?
- Il suffit de prononcer son nom à haute voix ou bien de penser très fort à elle et elle t'apparaîtra. Tu pourras alors lui demander tout ce que tu voudras et cette fée exaucera tes vœux, quels qu'ils soient !

Odilon resta perplexe. La sorcière se dirigea vers la porte. Odilon se leva et la suivit.

- Allez va maintenant, mon petit. Va en paix. Sois rassuré et tranquille. Et si tu as besoin d'autres choses, n'hésite pas à revenir me voir. Je serai là si tu en as vraiment besoin. Mais tu dois apprendre à trouver en toi les ressources nécessaires pour te sortir des mauvais pas que tu rencontres sur le fil de ta vie : sache qu'aucun obstacle n'est insurmontable si tu y es bien préparé.
- Oui je sais on me l'a dit récemment, rétorqua Odilon agacé.

Odilon revit mentalement le visage de Maître Hann lorsqu'il lui avait dit cela il y avait très peu de temps.

La sorcière prit Odilon tendrement par l'épaule. Odilon sentit en lui comme un frisson. Cette femme l'impressionnait. Il prit congé d'elle en la remerciant chaleureusement pour son aide. Il se promit de vérifier si tout ce qu'elle lui avait dit se révélait exact.

Une fois sorti de la cabane, il rebroussa chemin. Il se faisait tard. Il faisait frais. Les dernières lueurs du jour faiblissaient à l'horizon. Odilon n'aurait pas trop des quelques heures qui lui restaient pour regagner sa cabane et chercher pitance pour le repas du soir.

CHAPITRE XXXI

L'anneau magique

Sur le chemin du retour, Odilon croisa Maître Hann qui se reposait, assis le dos contre un châtaignier.

- Tu en as mis du temps ! lui dit-il en se relevant lestement
- Je viens de rencontrer une magicienne ! dit fièrement Odilon. Elle vit en recluse dans une petite chaumière perdue dans la forêt.
- Une magicienne ?
- Oui. Elle m'a raconté une belle histoire et elle m'a donné des talismans protecteurs.
- Hum… voyons cela dit Maître Hann en regardant les trois objets que lui montra Odilon.
- Ceci, reprit Odilon en détaillant un à un les trois objets, c'est un anneau magique. Cela, c'est un pentacle ensorcelé et voilà une poudre de mandragore pour endormir mes ennemis !

Odilon parlait nerveusement. Une fois qu'il eut détaillé le contenu de sa bourse, il ajouta en soupirant :

- La seule chose que je me demande, c'est si tout cela est vrai ! Cela me semble tellement impossible de pouvoir agir ainsi sur le cours des évènements !

Il fit une pose et interrogea Maître Hann.

- Qu'en pensez-vous Maître Hann ? demanda-t-il voyant que le vieil homme ne répondait pas.
- Il y a tant de choses mystérieuses que l'on ne peut expliquer. Regarde, par exemple, le simple fait de cueillir ce fruit.

Le vieux sage joignit le geste à la parole et attrapa une prunelle qui se balançait sur la branche d'un arbre.

- C'est à cette époque qu'elles sont les meilleures, chuchota-t-il avec gourmandise à Odilon en lui tendant le fruit. Imagine cette chose magique : l'année prochaine, sur ce même arbre, au même moment de l'année, se trouvera un nouveau fruit !
- C'est pourtant vrai ! s'exclama Odilon. C'est devenu si habituel qu'on n'y fait même plus attention !
- Nos ancêtres, eux, étaient intrigués par ces phénomènes mystérieux. Au point de considérer qu'ils avaient un caractère sacré, presque magique.
- C'est à partir de là qu'est née la magie ? s'enquit Odilon.
- Nos ancêtres ont pris conscience de l'existence de phénomènes mystérieux, comme cueillir, chaque année, un fruit sur le même arbre.
- Ils le jugeaient mystérieux, interrompit Odilon parce qu'ils ne pouvaient pas l'expliquer !
- Bien sûr ! Mais ce constat du mystérieux renouvellement des choses a poussé nos ancêtres à conclure qu'ils ne pouvaient s'agir d'actes gratuits puisque la nature et ce qu'ils considéraient être des divinités mettaient à la disposition des hommes, perpétuellement, de tels bienfaits. Ils ont alors jugé nécessaire d'intégrer des rites à tous les actes qui mettent l'homme en relation avec la nature.
- Comment cela ? demanda Odilon intrigué.

-       Nos ancêtres ont remarqué qu'il existait un lien de cause à effet entre les choses c'est-à-dire que chaque effet engendrait toujours une même cause. Ils n'ont pas tardé à faire un amalgame entre le rituel qu'ils avaient l'habitude de faire pour honorer les divinités de la Nature et ses coïncidences. Ils en sont venus à penser que c'était leur rituel qui avait un tel pouvoir et qu'ils étaient capables d'influer sur les phénomènes naturels et ainsi d'agir sur eux. Ils cherchèrent donc à en tirer profit à leur avantage.

-       Comme faire pousser plus de fruits par exemple ?

-       Ils finirent par ne plus pouvoir cueillir un fruit sans avoir recours à une cérémonie rituelle. C'est seulement à ce moment-là que ces phénomènes prirent un caractère magique.

-       Et c'est à ce moment qu'intervient le magicien ?

-       Le magicien pouvait les impressionner par les miracles qu'il était capable de faire : par exemple, planter une graine, la faire croître, se développer, puis donner un fruit, ils finirent par être considérés comme des rituels magiques.

Mais dans le même temps, nos ancêtres ont compris également que si l'on intervenait dans l'enchaînement naturel des causes et des effets, cela risquait de perturber l'univers et d'engendrer un désordre qui pouvait être à l'origine de certains bouleversements : les lois de la Nature ne peuvent être transgressées impunément !

-       La sorcière m'a dit qu'il fallait impérativement que je respecte scrupuleusement les indications qu'elle m'a données si je voulais que l'enchantement opère ?

-       Le magicien n'emploie pas à la légère une formule magique. L'acte magique implique d'exécuter tout un cérémonial, d'accomplir des gestes, même parfois des danses, de chanter ou de murmurer des formules incantatoires qui contiennent des noms, des mots ou qui ont une valeur vibratoire : si une étape est oubliée ou si un mot ou un élément manque ou bien est mal prononcé ou si le moment est mal choisi, la magie n'opèrera pas. Et le magicien doit également respecter les conditions météorologiques ou astronomiques qui sont définies avec soin.

\- Mais alors, le magicien de l'antiquité n'est pas un illusionniste, il ne fait pas de tour de « passe-passe » ?

\- Dans l'antiquité, le magicien jouait souvent le rôle de guérisseur : son but était de soigner les maux qui habitent les Hommes. Son savoir repose, je te l'ai dit, sur une observation attentive de la Nature et de ses phénomènes plus que sur une volonté de la maîtriser.

\- C'est de cette faculté de guérison que le magicien tire le pouvoir qu'on lui attribue ?

\- Être capable de guérir les maux d'autrui en utilisant des potions ou des formules magiques lui conféra en effet un pouvoir qu'on lui attribua parce qu'on le craignait.

\- La sorcière m'a dit qu'elle avait reçu son savoir de ses ancêtres. C'est un savoir qu'ils se transmettent de génération en génération.

\- Si tu considères les civilisations de l'Antiquité et si tu remontes même encore plus loin dans le temps, tu observeras que le magicien est soumis à des rites initiatiques très éprouvants qui parfois d'ailleurs peuvent se révéler mortels. C'est pourquoi le magicien emploie avec humilité et précaution, et surtout en les appliquant scrupuleusement ce que la tradition séculaire et l'expérimentation lui ont transmis.

Odilon sortit l'anneau de sa bourse.

\- La sorcière m'a confié cet anneau dit Odilon. Elle m'a assuré qu'il avait le pouvoir de me rendre invisible. Comment puis-je en être sûr ?

-       L'anneau de Gygès ! s'exclama Maître Hann.

-       Pardon ?

-       Cela me fait penser au mythe de Gygès rapporté par Platon répondit le vieux sage en sursautant comme surpris dans ses rêveries

-       Racontez-moi s'il vous plait, Maître Hann ! implora frénétiquement Odilon. Vous avez encore réussi à piquer ma curiosité !

-       Bon, puisque tu insistes.

Et Maître Hann commença son histoire.

-       Gygès était un berger lydien, de la famille des Memnades ce qui veut dire « les faucons ». Il vivait en Lydie au VIIème siècle avant notre ère. Il était au service du Prince Candaule — qui régnait jadis en Lydie vers 685 avant notre ère — et dont il était le favori.

Un jour, à la suite d'un violent orage, il y eut un tremblement de terre ; celui-ci fendit la terre et fit apparaître un gouffre, sur les lieux où Gygès passait.

Dans ce gouffre, Gygès aperçut le cadavre creux d'un cheval d'airain. Stupéfait, Gygès par curiosité descendit au fond du trou.

Là, à l'intérieur du cheval, il découvrit le cadavre d'un homme, d'une taille plus grande que celle de tous les hommes, qui ne portait comme habit qu'un anneau d'or. Gygès s'en empara et remonta à la surface.

-       Et alors ? demanda Odilon

-       Quelque temps plus tard, Gygès alla, en portant cette bague d'or au doigt, à une assemblée de bergers pour faire un rapport au Roi sur l'état de ses troupeaux. C'est alors que Gygès découvrit, par hasard, qu'en tournant le chaton de sa bague vers l'intérieur de sa main, il devenait invisible pour ses voisins : ceux-ci se mettaient à parler de lui comme s'il était parti ! Surpris, Gygès recommença l'opération, à plusieurs reprises, afin de voir si le phénomène se reproduisait. Et chaque fois, en tournant le chaton de la bague vers l'intérieur de sa main, il devenait invisible et s'il le retournait vers l'extérieur, il redevenait visible !

- Continuez ! lança Odilon absorbé par l'histoire que lui contait le vieux sage.

- Gygès compris tout de suite le profit qu'il pourrait tirer de l'usage de cette bague et que celle-ci pourrait faire sa fortune.

- Comment cela ?

- Gygès fit en sorte de faire partie d'une délégation qui se rendait auprès du Roi. Une fois dans la place, l'occasion lui sera donnée d'usurper le pouvoir grâce à un stratagème.

- Comment s'y prit-il ? dit Odilon fort intéressé.

- Gygès devient le favori du dernier des Héraclides, le Roi Candaule qui lui proposa un marché un peu particulier : le Roi était très fier de la beauté de sa femme, à tel point qu'il voulait qu'un autre que lui juge cette beauté. Il proposa à Gygès de venir admirer la Reine, à son insu, en se cachant dans sa baignoire au moment où elle prenait son bain.

- Génial !

- Seulement la souveraine le découvrit et offusquée, elle lui proposa un marché pour se venger de l'indélicatesse de son époux : soit Gygès le tuait et prenait sa place sur le trône, soit il devait mourir lui-même !

- Oh !

- Tu te doutes que devant ce marché, Gygès n'hésita pas une seconde : ainsi, il accepta de trahir son maître, l'assassinat, prit sa succession et épousa la Reine, fondant ainsi la dynastie des Mermnades.

- Que s'est-il passé après ?

- C'est alors que commença une période brillante dans l'histoire de la Lydie. Mais les Dieux cependant ne pardonnèrent pas à Gygès cette supercherie et son règne fut agité de nombreux conflits.

La dynastie de Gygès était condamnée. Gygès fut tué lors de l'attaque des Cimmériens, la Lydie s'effondra sous le règne de Crésus.

- Bien triste histoire, conclut Odilon.
- Voilà pour la légende, continua le vieux sage. Mais ce qui est intéressant dans un mythe c'est la leçon qui s'en dégage : les mythes sont de véritables initiateurs de la conscience orale de l'individu, tu sais.
- Que faut-il en tirer comme leçon ici, puisque vous m'avez dit qu'il fallait lire le message caché derrière le mythe ? demanda Odilon.
- C'est exact, fit Maître Hann très fier de son élève. Alors, réfléchissons un peu. Remarquons tout d'abord que les mots « anneau » et « année » ont une racine étymologique commune. L'anneau est le symbole du cycle éternel et immuable du cercle des années. Par extension, l'anneau devient le symbole du cycle perpétuel des années et donc de l'éternité.
- Et alors ?
- Platon conclut son histoire en supposant qu'il existe deux bagues du même genre : l'une est donnée à un homme juste et l'autre à un homme injuste.
- Et qu'advient-il ? interrogea Odilon
- Et bien, d'après Platon, rien ne distinguerait alors l'homme juste de l'injuste, personne n'ayant une force d'âme assez forte pour résister au pouvoir que lui donnerait son invisibilité : pouvoir faire tous les actes qu'il voudrait voler, tuer... etc... avec une impunité totale

- Cela voudrait dire que si l'homme n'était pas sûr d'être puni pour avoir commis des actes injustes, il violerait allègrement la morale

- Personne n'est juste volontairement, mais par contrainte, soupira le vieil homme. Les hommes livrés à eux-mêmes n'obéissent qu'à leur penchant égoïste et laissent libre cours à leur passion. La Justice imposée par l'État est un frein à l'égoïsme : seule l'autorité de l'État peut contraindre les Hommes à respecter la Justice c'est-à-dire à ne pas faire de mal à autrui.

- C'est ce que montre l'anneau de Gygès, interrompit Odilon

- Oui

- Et comment cela ? interrogea Odilon

- C'est à toi de me le montrer dit fermement le vieux sage

Odilon réfléchit.

- Dès que l'homme ne se sent plus contraint par la Loi, il cesse d'agir justement ! C'est cela que vous voulez dire ?

- C'est cela en effet, répondit Maître Hann avec une certaine fierté. Je suis très fier de toi mon garçon.

Le vieil homme observa Odilon qui resta songeur quelques minutes. Puis, il enchaîna :

- Il faut que je te mette en garde, mon petit. La sorcière te l'a dit, cet anneau ne doit agir que trois fois. Fais bien attention qu'il ne tombe pas en de mauvaises mains ; cela pourrait avoir de très graves conséquences !

- J'y veillerai ne vous inquiétez pas. En fait cet anneau est un cadeau empoisonné ! C'est une tentation !

- C'est pour juger de ta valeur mon enfant. Comme le montre ce mythe, les véritables puissances sont en nous-mêmes.

Rappelle-toi la façon dont Gygès doit tourner le châton de l'anneau, en dedans pour devenir invisible. La capacité de l'anneau à rendre invisible marque le retrait du monde qui est nécessaire si l'on veut atteindre les leçons essentielles que l'on ne peut trouver qu'à l'intérieur de soi, dans sa vie intérieure, à l'instar du chaton de la bague que l'on tourne à l'intérieur de la paume de la main !

Et l'effet pervers de la magie, qui est contenue dans la double nature de l'homme, peut le conduire à obtenir des victoires par des crimes et un pouvoir tyrannique comme cela arriva à Gygès

-        Vous craignez que j'abuse du pouvoir de cet anneau, sourit Odilon.

-        Gygès était un honnête berger qui n'avait jamais fait de mal à personne, mais cette histoire nous montre que sa probité n'était qu'apparente puisque l'anneau magique lui permit de montrer sa véritable personnalité empreinte de méchanceté.

-        Ne vous inquiétez pas pour moi. Je sais à quoi m'en tenir et les limites que je ne dois pas dépasser. Je ne veux que la Justice.

-        Je n'en doute pas un seul instant, mon enfant. Ce n'est pas de toi que j'ai peur, mais de celui qui pourrait t'accaparer cet anneau et bénéficier de son pouvoir.

-        Ah ça, s'il tombait aux mains de Garin par exemple...

-        Oui.

-        J'en prendrai bien soin, rassura Odilon.

Ils continuèrent à marcher en silence pendant un court instant, puis Odilon reprit.

-        Ce que je retiens, c'est qu'il ne faut pas se fier aux apparences puisque ce que l'on croit être la personnalité foncière de Gygès ne l'est pas ? Alors, comment savoir ce qui est vrai ? Et comment connaître vraiment quelqu'un ? Comment être sûr...

-       C'est une question que les premiers penseurs grecs se sont posée dans un tout autre domaine : qu'est-ce qui est vrai ? Ce que nous voyons ou ce qui est ? Où commence la réalité ? Doit-on supposer que ce que nous voyons est vrai et que nos sens sont fiables ou bien que ce que nous voyons n'est que le produit de notre imagination et que ce n'est pas ce qui nous apparaît qui est vrai ?

-       Mais cela reviendrait à conclure que tout est illusion ? suggéra Odilon.

-       Nous nous contentons souvent de croire ce que nous voyons ou ce qu'on nous dit comme étant vrai ! conclut Maître Hann.

Odilon convenait qu'il ne fallait pas se contenter de ce qui nous était dit, mais de toujours chercher à aller plus loin et à se poser des questions pour comprendre les choses dans le seul but de rechercher la vérité, même si parfois cela pouvait sembler difficile.

-       Mais alors qu'est-ce que la Vérité ? se demanda-t-il.

Au fond, cette retraite involontaire qu'il vivait actuellement était peut-être une chance pour lui de pouvoir réfléchir et d'être en accord avec sa vie intérieure comme disait Maître Hann.

Odilon et le vieux sage avaient marché tout en parlant. Sans vraiment s'en rendre compte, Odilon était revenu près de la cabane, seul. Le vieux sage l'avait laissé continuer son chemin, en respectant son besoin de réflexion.

Il devait être à peu près none et Odilon décida qu'il avait encore le temps de finir la journée par un brin de toilette pour se rafraîchir les idées.

-        Après tout, un plongeon dans l'eau fraîche n'a jamais fait de mal à personne, se dit-il.

Il tourna la tête vers le lac dont les reflets glacés et moirés se confondaient avec le ciel. La lumière était magnifique à cette époque de l'année et Odilon savait l'apprécier. D'un pas alerte, il gagna le lac.

CHAPITRE XXXII

Une agréable surprise

Le printemps arrivait tout juste, et n'avait pas encore, eut le temps de réchauffer l'eau du lac qui était encore glaciale à cette époque de l'année, au point qu'Odilon ne put se résigner à se plonger dedans.

Il opta pour rester sur la berge où, tout en se passant de l'eau sur son visage, il observa à loisir la ronde incessante des canards qui, eux, ne semblaient pas gênés par la froideur de l'eau et se promenaient, accompagnés de cygnes majestueux, plongeant de temps à autre à la recherche d'une proie à dévorer.

Alors qu'il s'apprêtait à se rhabiller, Odilon perçut un faible craquement derrière lui. Il pensa tout d'abord qu'il s'agissait d'un animal sauvage qui rôdait dans les parages, mais le craquement se renouvela et se fit plus persistant. Odilon hésita un cours instant sur la conduite à tenir puis, il se décida enfin à se rapprocher du lieu d'où, lui semblait-il, provenait le bruit. Il ne vit rien de particulier.

Pourtant, le bruissement se fit plus intense indiquant à Odilon que quelqu'un, ou quelque chose s'approchait de lui en cherchant à amortir le bruit de ses pas.

- Qui peut bien s'aventurer aussi loin dans la forêt ? se demanda-t-il inquiet

De l'endroit où il se trouvait, il pouvait observer les alentours sans être vu, protégé qu'il était par de grandes fougères qui ne laissaient entrevoir que les berges les plus proches du lac.

S'il lui était facile de ne pas se faire voir, il était beaucoup plus difficile à quelqu'un de passer inaperçu s'il s'avançait trop près.

À quatre pattes, Odilon se tapit dans le fourré et attendit silencieusement. Il ne tarda pas à apercevoir une forme élancée qui surgit de derrière les fourrés et se dirigea, d'un pas décidé, vers la cabane.

Odilon fut, soudain, pris de panique : au mépris de la plus élémentaire prudence, il était parti se baigner sans emporter sa dague qu'il avait laissée dans la cabane. De retour de sa visite à la sorcière, il n'était pas repassé par-là, ce qui faisait qu'il était sans arme pour se défendre contre un inconnu qui, il en était certain, était venu pour le tuer.

Cependant, il en fallait plus à Odilon pour se démonter. Il attendit patiemment que l'inconnu ressorte de sa cabane. Celui-ci fut assez prompt à le faire, mais ce qui surprit Odilon c'est qu'au lieu de se cacher, il semblait au contraire scruter les environs à sa recherche.

D'ailleurs, il eut la confirmation de ce qu'il pressentait lorsqu'il entendit l'inconnu crier.

-       Ody ? Ody ?

Cette façon de l'appeler fit sursauter Odilon : il n'y avait qu'une personne au monde qui pouvait l'appeler ainsi par son diminutif : c'était sa sœur Bertille. Seulement, il n'y avait aucune raison pour que Bertille se trouve dans la forêt en ce moment.

L'inconnu continuait ses recherches et se dirigea vers le lac. À mesure qu'il approchait, Odilon la voyait de plus en plus distinctement. Lorsqu'il put discerner parfaitement la forme qui s'approchait de lui, il se redressa et passa la tête par-dessus la haie. A sa grande surprise, c'était bien sa sœur Bertille, qui courrait au-devant de lui : il ne s'était pas trompé, cette voix qui l'appelait, il l'aurait reconnue entre mille, mais il n'osait pas y croire ! Sa sœur, sa « petite » sœur, comme il l'appelait — bien qu'elle fût l'aînée — était avec lui dans leur cachette secrète.

-       Berty ! Berty ! Je suis là ! cria-t-il à son tour avec enthousiasme.

Son sang ne fit qu'un tour et son cœur s'emballa. Il se précipita vers elle et l'étreignit si fort qu'elle crut étouffer.

-       Tu me fais mal fréro !
-       Comme je suis content, sœurette ! Comme je suis content ! s'exclama-t-il tout en la soulevant du sol et la faisant tourner autour de lui.

Ce faisant, ils ne tardèrent pas à perdre l'équilibre et, tombant à la renverse, se mirent à rouler sur la pente terreuse jusqu'à glisser, tous les deux, dans les eaux glacées du lac.

-       Arrrrrrgh ! s'exclamèrent-ils à l'unisson.
-       Dire que je n'avais pas eu le courage de me mettre dedans tout à l'heure ! s'esclaffa Odilon.

Après s'être aspergés copieusement, ils sortirent de l'eau, leurs vêtements tout dégoulinants d'eau glacée.

- À moins que tu ne veuilles que l'on attrape du mal, fit Bertille, il serait sage de nous déshabiller devant un bon feu de bois !
- Judicieuse remarque, sœurette ! Allons-y vite ! Le premier arrivé !

Ils sortirent du lac et firent la course jusqu'à la cabane. Odilon ranima le feu, qui se mit, après quelques hésitations, à crépiter chaleureusement. Ils étendirent leurs vêtements devant cet âtre improvisé, où Odilon mit à cuire leur repas du soir.

- Tu peux te vanter de m'avoir fait une belle peur Berty !
- Au moins, grâce à moi, tu auras pris un bain ! rétorqua Bertille. J'espère que le feu va sécher rapidement mes vêtements, car je ne suis pas partie avec des bagages, je n'ai pas de rechange ! ajouta-t-elle avec humour.
- Ne t'inquiète pas Berty, rassura Odilon. Avec ce feu, tes vêtements seront secs très vite.

Bien que Bertille prît un air dubitatif, Odilon, pour la première fois depuis le début de ses aventures, éclata de rire.

CHAPITRE XXXIII

Une information importante

Assis autour du feu, à la lueur des flammes qui crépitaient Bertille et Odilon se restauraient tranquillement en profitant des derniers rayons du soleil qui déclinait à l'horizon.

En réponse aux questions répétées de sa sœur, Odilon lui raconta en détail les aventures qu'il avait vécues depuis son départ de l'abbaye. Mais, il se garda bien de lui ne parler ni de Maître Hann ni de sa rencontre avec la sorcière de peur que son prestige auprès de sa sœur n'en soit amoindri.

- Tu as eu de la chance de t'en tirer vivant ! s'exclama Bertille
- Oui, je crois, en convint Odilon
- Tu n'as pas eu peur quand tu étais dans le filet des brigands ?
- Curieusement, pas vraiment. Sur le moment bien sûr, j'étais mort de peur et puis ma peur s'est dissipée peu à peu. Je crois que je jouais le tout pour le tout. Alors, je me suis dit que rien n'était perdu et j'ai compté sur ma bonne étoile !

Bertille considéra son frère : elle discerna un imperceptible changement dans son attitude. Elle avait devant elle toujours le même garçon, taquin et doux à la fois, mais il avait appris à raisonner, à réfléchir autrement, lui semblait-il. Étaient-ce les épreuves, qu'il avait traversées, qui l'avaient raffermi ? À moins que ce ne soit son apprentissage intellectuel à l'abbaye ? Ou encore son passage chez Bertrand de Tûr ? Où peut-être un mélange des trois ? Peu importait au fond, ce qui comptait c'était le résultat, et celui-ci était époustouflant.

Bertille, sans vouloir l'admettre, était en admiration devant son frère, peut-être même l'enviait-elle un peu.

Odilon coupa sa sœur dans ses réflexions.

- Mais à ton tour de me raconter ce qui se passe au château. Pourquoi et comment es-tu venue jusqu'ici ? Comment va Maman ? Je me fais beaucoup de souci pour vous, tu sais.

Bertille entreprit de raconter, à son tour, en détail, tout ce qui était arrivé au château ces dernières heures : l'arrivée d'Aliénor et d'Adeline, la tentative avortée de Laudine et insista, surtout, sur le changement d'attitude de Garin. Bertille termina en expliquant que toute la famille était maintenant aux mains de Garin, prisonnière dans leurs propres chambres.

Odilon se remémora les paroles du Père Abbé : le récit de sa sœur ne faisait que confirmer ses dires.

- Mais alors, questionna Odilon, si vous êtes retenues prisonnières, comment as-tu pu t'échapper du château ?
- Grâce à un stratagème que l'on a mis au point Maman et moi, répondit fièrement Bertille.
- Un stratagème ? Tu m'intrigues Berty. De quoi s'agit-il ?

Bertille fit durer le plaisir.

-       Allez! Berty! Ne te fais pas prier! insista Odilon.

-       Maman avait gardé avec elle son épingle à cheveux. Tu te rappelles quand Papa nous a appris comment ouvrir une porte fermée?

-       Il se servait d'une épingle, en effet. Il disait toujours qu'il ne faut pas se laisser arrêter par des obstacles qui n'en sont pas, coupa Odilon avec un air mélancolique.

-       Avec l'épingle, je suis parvenue à ouvrir la porte de la chambre. C'est alors que j'ai aperçu un garde sur le palier qui faisait le guet à notre étage. Il ne restait plus qu'un seul soldat de garde en faction devant nos chambres! Un seul garde Ody! Il fallait que je tente ma chance.

-       Bien jouer Berty! s'exclama Odilon admiratif. Mais, tu aurais pu te faire voir? ajouta-t-il soudain terrifié par l'intrépidité de sa sœur.

-       J'ai pris mes précautions tu t'en doutes: j'ai profité de ce que le plus gros des troupes de Garin soit parti à ta recherche vers la forêt. Je suis retournée dans la chambre et j'ai réussi à faire passer un message à Aliénor dont la lucarne est tout à côté de la chambre de Maman.

-       Comment t'y es-tu pris?

-       J'ai attaché le message à la lance que je garde toujours dans ma chambre. Le reste fut un jeu d'enfant: il m'a suffi de passer la lance à travers la lucarne de la chambre de notre mère jusqu'à ce qu'elle atteigne celle d'Aliénor.

-       C'est très ingénieux!

-       Bien vu, sœurette! admit Odilon. Mais, quand même! ajouta-t-il

Bertille poursuivit.

-       Lorsqu'Aliénor a eu mon message, elle a suivi mes instructions à la lettre: elle a appelé le garde pour lui parler afin de détourner son attention de notre chambre et l'éloigner quelques instants. Pendant qu'elle le faisait rentrer sous un prétexte quelconque dans sa chambre, j'en ai profité pour me glisser dans l'obscurité jusqu'à l'escalier.

- Mais c'était très risqué ! Et tu n'as rencontré personne ?
- Les soldats à ta poursuite, cela me laissait quelques heures pour gagner la forêt avant qu'ils ne reviennent.
- Mais par où es-tu passé ? demanda Odilon. Si tout le château est gardé comme tu me le dis et que Nicolette, elle-même, n'a pu faire que quelques kilomètres, comment as-tu pu sortir sans te faire remarquer ?
- En utilisant le souterrain pardi ! lança fièrement Bertille
- Celui qui donne dans la cheminée de la bibliothèque au deuxième étage ! s'exclama Odilon.
- Absolument ! C'est pour cela qu'il me fallait gagner le deuxième étage : pour atteindre notre passage secret.
- Notre passage secret ! l'interrompit Odilon. Quelle bonne idée ! Je l'avais presque oublié ce passage !
- Il suffisait d'y penser, ajouta Bertille en arborant un air de fierté.

Odilon ne put s'empêcher de se remémorer les jeux espiègles et les rires complices qu'il partageait avec sa sœur alors qu'ils étaient cachés dans le souterrain de la cheminée et que leur mère les appelait, faisant résonner leurs noms dans tout le château.

- C'était le bon temps, se dit Odilon en soupirant. Celui de notre enfance et de notre insouciance !

Odilon s'imagina sa sœur entrer seule dans la cheminée, actionner le mécanisme caché dans le manteau de celle-ci, parcourir dans l'obscurité le chemin qui séparait la cheminée de la vaste lande située entre le château et la forêt, traverser la forêt et arriver jusqu'à lui et tout cela sans encombre ! Comparant cette expédition avec l'expérience qu'il avait eue dans le souterrain de l'abbaye et ses aventures passées, Odilon conclut que sa sœur avait fait preuve d'une prouesse hors normes.

Odilon regarda sa sœur avec fierté : elle était exceptionnelle, rien ne l'arrêtait et à bien considérer il reconnut qu'elle tenait plus de son père que lui-même !

Il se ressaisit et demanda à Bertille.

-        Et tu as fait tout le trajet d'une seule traite ?
-        Non. Je me suis arrêtée à notre rocher pour me reposer quelques heures pendant la nuit.

Pendant que Bertille avalait un morceau de poisson, Odilon repensa à sa première rencontre avec Maître Hann près de ce rocher justement.

-        Puis, j'ai repris la route tôt ce matin vers prime, en prenant garde, moi, de ne pas tomber aux mains des brigands.

Elle avait prononcé cette dernière phrase avec une pointe de prétention en repensant à l'aventure qu'Odilon venait de lui raconter.

-        Et tu n'es pas tombée dans un de ces pièges qui truffent la forêt ?
-        Des pièges ? Quels pièges ? J'ai dû les éviter sans le vouloir !

Elle fit un clin d'œil à Odilon, puis elle ajouta à la vue de l'air maussade de son frère.

- Tu oublies que j'étais à pied et qu'il faisait jour. C'est plus facile pour se diriger qu'à cheval, la nuit comme toi ! Toujours est-il que le résultat est là et que je suis arrivée près de toi saine et sauve !

Elle redressa la tête et toisa son frère.

- Je suis content que tu sois là Berty, dit enfin Odilon. Je suis même impressionné, je l'avoue, du courage dont tu as fait preuve. J'ai même la prétention de penser que malgré les apparences tu es plus en sécurité avec moi, ici, dans cette forêt, qu'au château près de Garin. Mais je ne peux m'empêcher de m'inquiéter pour maman, Aliénor, sa fille, nos servantes. Je crains qu'en t'enfuyant, tu ne les aies mises dans le pétrin et en très grand danger !
- Que me dis-tu là, Frèro ? s'exclama Bertille soudain très inquiète.
- Nous ne pouvons pas prévoir les réactions de Garin lorsqu'il s'apercevra de ta disparition.
- Que crains-tu ?
- Garin est capable de tout. Il nous l'a prouvé récemment. Il risque de les massacrer !
- Je ne crois pas, rétorqua Bertille. N'oublie pas que Garin veut m'épouser, c'est donc moi qui l'intéresse. J'y ai beaucoup réfléchi. Je n'agis pas à la légère, mon frère ! Pour me faire revenir vers lui, il lui faut une monnaie d'échange, des otages en quelque sorte. Maman, Aliénor et Adeline lui seront beaucoup plus utiles vivantes que mortes. Crois-moi.

-   Tu as peut-être raison, mais c'est néanmoins un jeu bien risqué Berty. Et si tu trouves que c'est mieux de les savoir retenues en otage…

-   Il fallait pourtant que je tente quelque chose pour te prévenir ! cria Bertille avec colère. Que j'aille chercher de l'aide, au moins ! Nous ne pouvions pas nous laisser emprisonner comme cela sans réagir ! Ce n'est pas ainsi que j'ai été élevée !

Odilon approuvait la réaction de sa sœur, mais il ne pouvait s'empêcher de penser à leur mère livrée à un homme dont on ne pouvait prévoir les réactions.

-   Jusqu'à présent, Garin avait les mains liées, reprit Odilon. Il ne pouvait rien faire ouvertement. Il se contentait de comploter et d'agir en cachette. Mais maintenant, avec ta fuite, les choses vont se précipiter.

-   Ce que tu ne sais pas coupa sèchement Bertille, c'est que j'ai mis sur pied un stratagème destiné à faire croire à Garin que je suis toujours au château.

-   Qu'as-tu encore prévu ? s'inquiéta Odilon

-   Maman doit s'arranger pour faire venir Nicolette dans ma chambre. C'est elle qui doit prendre ma place dans mon lit et faire croire que je suis souffrante.

-   Mais es-tu complètement folle ? vociféra Odilon. Te rends-tu compte du risque que tu fais courir à notre mère et à Nicolette ?

-   Quel risque ? Garin n'a, jusqu'à maintenant, jamais osé entrer dans nos chambres !

-   Mais il n'avait jamais osé jusqu'à maintenant non plus vous prendre en otage !

Bertille garda le silence. Elle devait convenir qu'elle n'avait pas pensé à cela. Mais que pouvait-elle faire maintenant ? Il était trop tard pour revenir sur ses pas et surtout trop risqué. Elle regarda son frère d'un œil implorant. Odilon n'insista pas.

- Y a-t-il autre chose... quelque chose que tu aurais... oublié de me dire petite sœur ?
- Euh... Non... je ne vois pas.
- Une autre de tes divagations ?
- Ody !
- Une idée saugrenue qui te serait passée par la tête ?
- Arrête !
- Non vraiment ? Tu ne vois pas ?
- Je t'ai dit tout ce que j'avais à te dire ! répondit Bertille vexée, la tête dans les mains et les coudes appuyés sur les genoux.
- Bon d'accord, j'arrête Berty ! Mais sérieusement, aurais-tu oublié de me dire quelque chose que tu aurais entendu par exemple ou que Garin aurait dit et qui pourrait nous servir ?
- Non, je ne crois pas, je t'assure ! répondit Bertille agacée. Oh Ody ! Je m'en veux terriblement !
- C'est trop tard maintenant ! Ne nous retournons pas vers le passé et voyons les choses telles qu'elles se présentent. Tu es là et Maman est en danger au château. Il faut réagir vite, avant qu'il ne soit trop tard.

La situation semblait inextricable à Odilon, bien qu'il se sentait capable d'affronter des montagnes, surtout depuis qu'il avait revu a sœur. S'il tenait compte des conseils de Maître Hann, il suffisait d'attendre le bon moment pour agir en utilisant les armes de ses adversaires.

Odilon sentait, au fond de lui, que le moment était venu de créer les évènements, mais il ne savait pas quelles armes il devait utiliser contre ses adversaires ! Après quelques minutes de réflexion, la réponse lui parut évidente : la seule arme qu'il avait à sa disposition, dont il pouvait user sans danger et qu'il maîtrisait parfaitement : c'était la ruse !

Il observa sa sœur. Elle était allée s'asseoir un peu plus loin, sans dire un mot. Elle lui tournait le dos, les yeux rivés sur le lac qui lui faisait face. Elle n'avait pas troublé ses réflexions. Il se leva, s'approcha d'elle, s'accroupit et la prit gentiment par l'épaule.

-      Pardon, petite sœur, je suis désolé. Je n'aurais pas dû te parler comme je l'ai fait ! Excuse-moi !
-      Oh, ce n'est rien Ody. J'ai l'habitude ! À chaque fois que je pense faire quelque chose de bien... En tout cas, on ne s'amuse pas autant que Garin va s'amuser au château avec la fête qu'il va organiser demain !
-      La fête ? Quelle fête, Berty ?
-      La fête qu'il a prévu de faire pour amuser ses hommes et mettre un nouveau plan au point.
-      Comment sais-tu cela ?
-      J'ai entendu deux gardes en parler devant ma porte l'autre soir.
-      Mais voilà ce que j'attendais ! lança Odilon rasséréné.
-      Hein ?
-      Tu vois bien que tu avais oublié un détail ! Cela me donne une idée. Mais auparavant, donne-moi un coup de main pour déblayer la cabane. Là-haut là, au moins, nous serons plus en sécurité.

Ils se levèrent et se dirigèrent vers la cachette secrète, perchée en haut des arbres. Le sol était jonché de feuilles mortes qui devaient être là depuis, au moins, trois ans puisque, par endroit, les feuilles en se décomposant commençaient à se transformer en terreau.

-        Quel boulot ! s'exclama Bertille.

Elle prit délicatement le nid d'hirondelle et le posa sur le toit de la cabane, puis elle commença à déblayer.
-        Que de souvenirs cela me rappelle ! Pas toi Ody ?
-        Oh si ! s'écria son frère.

Brusquement, Odilon s'arrêta net, il croyait avoir entendu quelque chose.

-        Chut ! intima-t-il à sa sœur.

Son destrier se mit à hennir et à tirer nerveusement sur son mors lui confirmant qu'il ne s'était pas trompé. Il se précipita vers l'ouverture de droite qui donnait sur la route ouverte aux passants, mais il ne vit rien de particulier.

-        Qu'y a-t-il ? demanda Bertille.
-        Ce n'est pas normal.
-        Quoi !
-        J'ai entendu quelque chose. Mais, bizarrement, je ne vois rien.
-        Regarde de l'autre côté, lui dit Bertille. Il y a des chevaux qui approchent.

En effet, trois chevaux avançaient, à vive allure, venant du Rocher de la vache noire.

En un tournemain, Odilon tira à lui l'échelle de corde, refermant ainsi l'entrée de la cabane.

- Allonge-toi sur le sol, il ne faut pas que l'on nous voie ! ordonna-t-il à sa sœur.

Les chevaux approchaient toujours, mais leur allure s'était ralentie. À quelques pas de la cabane, Odilon put discerner trois soldats qui apparurent dans la brume du soir.

- Mon Dieu ! s'exclama-t-il. Et Victoire qui est en bas. S'il le voit, nous sommes perdus !
- Qui est Victoire ? demanda Bertille tout bas.
- Mon cheval ! De toute façon, il est trop tard pour le cacher dans les fourrés. C'est curieux qu'ils osent s'aventurer si loin dans la forêt ! Et il ajouta pour lui-même : c'est très curieux qu'ils n'aient pas croisé les brigands ni leurs pièges et qu'ils soient arrivés jusqu'ici sains et saufs.

La tension devenait insoutenable. Bertille sentait son cœur battre à tout rompre. Odilon comptait sur la nuit qui ne tarderait plus à tomber et qui forcerait les soldats à arrêter les recherches.

Brusquement sans raison apparente les soldats rebroussèrent chemin.

- Que font-ils ? chuchota Bertille toujours à plat ventre sur le sol
- Ils repartent ! Ils s'en vont Berty ! Youpy !

L'instant de joie passé, Odilon ne put s'empêcher de remercier par la pensée Maître Hann qui l'avait mis en garde et lui avait conseillé d'habiter dans cette petite cabane.

- Il ont dû craindre de ne plus retrouver leur chemin dans la nuit, suggéra-t-il à sa sœur.

-       Tu crois ?

-       Les Lupus n'aiment pas trop la forêt.

-       Ah bon ? Pourquoi ?

Odilon se mit à raconter à sa sœur ce que Geoffroy lui avait dit.

-       Mais, qui sont ces Lupus ?

-       Des brigands qui volent et pillent sans vergogne tout le Comté.

-       J'ai entendu parler de vols et de pillages en effet, mais je croyais que c'était le fait de Garin et de Raoul et non de ces Lupus !

-       Comment cela ?

-       Nicolette a surpris un jour une conversation dont elle nous a parlé où Garin et Raoul échangeaient quelques mots et où il était question d'actes de brigandage.

-       Et bien il m'est avis, à moi, que ces Lupus et Garin ne font qu'un, petite sœur !

-       Mais c'est encore plus terrible que je ne le pensais ! admit Bertille.

-       Demain, j'irai trouver Geoffroy. Ce que tu m'as dit sur la fête m'a donné une idée et il faut qu'il me donne un petit coup de main.

-       Quoi ? Tu vas retourner voir ces brigands ?

-       Ce ne sont pas vraiment des brigands. Et comparer aux Lupus, ils ne sont que de doux agneaux. Et puis ajouta-t-il, il y a une chose que je ne t'ai pas dite parce que j'attendais le bon moment. Mais, maintenant, il faut que tu le saches : le chef des brigands se prénomme Saurus, mais son vrai nom est Geoffroy.

-       Et alors ?

-       Geoffroy. Cela ne te dit rien ?

-       Non ?! Cela devrait ? interrogea Bertille intriguée.

-       Geoffroy était le prénom du père de Nicolette et de Laudine.

- Peut-être en effet. Et alors ?
- Geoffroy, le chef des brigands est le père de Nicolette et de Laudine.
- Quoi ? Mais le père de Nicolette est mort !
- C'est ce que nous avons tous cru. Mais ce n'est pas le cas. Pour des raisons qui lui sont propres, Geoffroy a préféré se faire passer pour mort.
- Mais c'est ignoble ! La pauvre Nicolette ! Comment va-t-elle le prendre quand elle saura la vérité ?
- Cela la remplira de joie, j'espère !
- Peut-être, mais quel choc !

Odilon entreprit de raconter à sa sœur les raisons qui avaient poussé Geoffroy à faire croire à sa disparition.

- Et tu as confiance en cet homme qui a pu mentir ainsi à sa propre fille !
- Mais il l'a fait pour son bien !
- Pour son bien ! Mets-toi un peu à sa place deux minutes veux-tu Ody ! Je suis sûre que ce qui aurait fait plus plaisir à Nicolette et à Laudine, c'est qu'elles sachent que leur père était vivant. Tu ne me convaincras pas Ody. Je suis offusquée.

Odilon n'insista pas. S'il trouvait que sa sœur avait en partie raison, il comprenait aussi l'attitude de Geoffroy et ne pouvait pas lui donner tort.

Il préféra changer de conversation.

- Tu ne peux pas rester ici, Berty. C'est trop dangereux. Il faut que je t'emmène en lieu sûr.
- Ah oui ? Où cela, dis-moi ?

Odilon resta silencieux. Sa sœur avait raison, il n'y avait plus vraiment d'endroits où il pouvait être sûr qu'elle ne courait aucun danger.

- Non Ody ! poursuivit Bertille. J'ai risqué ma vie pour venir te rejoindre et maintenant que je suis là j'y reste et je ne te quitte plus.

Odilon ne savait que dire. Certes, elle était plus en sécurité, ici, avec lui, que nulle part ailleurs, mais le fait que les soldats se soient risqués jusque dans cet endroit si reculé de la forêt lui faisait craindre le pire. Il se demanda ce que Maître Hann lui aurait conseillé en pareille circonstance.

Aussi, préféra-t-il opter pour une solution qui lui semblait être, actuellement, la plus sage.

- Après tout, tu as peut-être raison Berty. Néanmoins, je ne veux prendre aucun risque. Je t'emmènerai avec moi, demain, et je demanderai à Geoffroy de prendre soin de toi.
- Tu veux me laisser chez les brigands ? Tu n'y penses pas !
- Mais tu oublies que Geoffroy est le père de Nicolette. Il te protégera j'en suis sûr !
- Hum… Si tu penses que je serai plus en sécurité avec des brigands qui sont recherchés par tous les soldats des environs…
- Je n'ai pas d'autre solution, pour le moment, admit Odilon agacé. Pendant mon absence je préfère que tu restes avec eux. Ensuite, on verra, si tu reviendras ici avec moi.
- Ton absence ? Quelle absence ?
- Je dois m'absenter quelques heures.
- Ah oui !? Et… pour aller où, s'il te plaît ?
- Je t'en parlerai demain en même temps que je le dirai à Geoffroy.

- Et pourquoi ne pas me le dire maintenant ?
- Parce que je ne suis pas encore sûr de ce que je vais faire s'énerva Odilon qui sentait peser sur ses épaules un surcroît de responsabilités auxquelles il n'était pas habitué. Allons nous reposer, nous en parlerons demain. En attendant, je vais donner à manger à Victoire.
- Victoire !
- C'est une jument ?
- Non.
- Quel drôle de nom pour un cheval !

Odilon sourit. Il remit l'échelle en place, descendit de la cabane et se dirigea vers son destrier qu'il caressa longuement pour le réconforter.
- Demain mon vieux, je vais encore avoir besoin de toi lui murmura-t-il à l'oreille.

En guise de réponse, le cheval poussa un long hennissement.

Puis Odilon rejoignit sa sœur dans leur cabane et s'allongea sur le sol. Il palpa sa bourse et tata l'anneau qui se trouvait à l'intérieur. Il n'en avait pas parlé à sa sœur, car il voulait vérifier auparavant son efficacité. Déjà, ses intentions étaient claires.

Il entendit la voix de Maître Hann qui brisant le silence lui murmurait : « Fais en bon usage Odilon ! Fais-en bon usage ! »

Il sourit, puis s'endormit d'un sommeil profond, bercé par le silence de la nature.

CHAPITRE XXXIV

Une attente inutile

Sitôt sortis de la forêt, les Lupus se regroupèrent autour de Raoul et de Giraud qui les attendaient à quelques mètres de la sortie de la forêt. Assis sur une pierre, les deux hommes conversaient tranquillement.

Voyant leurs hommes approcher, ils se levèrent et s'avancèrent à leur rencontre.

- Alors ? demanda Raoul aux trois hommes.
- Rien chef, répondit le plus grand.
- Comment rien ? questionna à nouveau Raoul.
- Aucune trace d'Odilon.
- Vous avez fouillé partout ? demanda à son tour Giraud.

Les trois hommes échangèrent un regard gêné avant que le plus gros ne reprît la parole.

- Oui, partout répondit-il.
- C'est-à-dire ? insista Giraud au grand étonnement de Raoul.
- Bah... On a été jusqu'au Rocher de la vache noire.
- Et puis ? insista Giraud.
- Bah... On a continué un bout de chemin.
- Et puis ?

- Bah… Comme y'avait pas de raison pour qu'on aille plus loin, on est revenu !
- Et pourquoi n'avez-vous pas été plus loin ? Ne vous avons-nous pas demandé de suivre la route jusqu'à son terme ?
- Mais à quoi qu'cela aurait-il servi ? Puisqu'on vous dit qu'y avait personne ! ajouta un des trois soldats venant à la rescousse de son compère.
- Ne vous a-t-on pas appris à obéir aux ordres ! vociféra Giraud.

Les trois hommes baissèrent la tête sans dire un mot.

- Vous n'êtes qu'une bande de froussards ! Voilà tout ! hurla Giraud.
- Si vous êtes plus courageux que nous, allez-y vous-même dans la forêt ! Nous, on rentre au château, ajouta le plus gros des trois hommes en faisant signe à ses amis de le suivre.

Raoul était resté silencieux pendant toute la durée de la scène. Il considéra Giraud avec intérêt. Son ascendant dans cette affaire devenait plus grand chaque minute. Que cherchait il se demanda Raoul ? La réponse à cette question viendrait en son temps. Pour l'heure, l'attitude des trois soldats prouva à Raoul que ses hommes n'étaient pas encore prêts à accepter le commandement de Giraud.

Giraud le tira de ses réflexions.

- Il vaut mieux que nous rentrions nous aussi. Il se fait tard et avec la nuit, nous ne trouverons plus grand-chose dans cette forêt.
- Oui, en effet acquiesça Raoul. Je pense qu'il vaut mieux rentrer avant qu'il ne fasse trop nuit.

Sur le chemin qui les menait au château, Giraud interrogea Raoul sur le programme du lendemain.

-       Quand nous rendrons-nous à l'abbaye ?
-       Oh demain certainement.
-       Pourquoi pas ce soir ?
-       Vous l'avez, dit Giraud, il se fait tard. Demain, nous serons plus reposés.

Giraud regarda Raoul, mais n'insista pas. Pour lui aussi, la journée avait été rude et il lui tardait de prendre un peu de repos. Ils prirent tous les deux la direction du château.

CHAPITRE XXXV

Une affaire rondement menée

A la pointe du jour, Odilon s'habilla gaiement et sortit de la petite cabane en bois nichée sur la cime des arbres. Il avait pris cette habitude de se lever tôt durant son passage chez Bertrand de Tür et avait conforté cette tendance depuis qu'il était à l'abbaye en ne traînassant pas dans sa couche. C'est ainsi que, dès les premières lueurs de l'aube, il était d'attaque pour affronter une nouvelle journée.

L'air vif du matin acheva de le mettre en forme. Après avoir réveillé sa sœur, Odilon et elle gagnèrent, en sifflotant, le repaire des brigands non sans une certaine appréhension sur les surprises que leur réservait encore le chemin qui leur restait à parcourir avant d'atteindre leur but.

Pourtant, Odilon se sentait calme et déterminé. Il lui semblait que rien maintenant ne pouvait l'arrêter. La situation dans laquelle il se trouvait paraissait pourtant inextricable ou tout au moins compliquée, mais, depuis qu'il avait revu sa sœur, il se sentait mué par une force irrépressible qui lui donnait l'impression que rien n'était impossible.

Il avait souvent repensé aux sages conseils que lui avait donnés Maître Hann et il prenait conscience maintenant qu'il avait raison : tout était possible et tout pouvait se faire du moment qu'on attendait le bon moment pour agir. Et Odilon comptait bien faire en sorte que les circonstances lui deviennent, enfin, favorables.

Malgré les objurgations de Bertille, Odilon était bien décidé à poursuivre son plan coûte que coûte.

Sa sœur l'avait mis en garde sur le chemin vallonné des dangers qui lui restaient à parcourir, mais cela ne lui faisait pas peur. Les embûches, il en avait eu tellement depuis quelques jours, trop souvent sans comprendre ce qui lui arrivait, qu'il était bien décidé maintenant à ce que les choses tournent à son avantage. Il en avait assez de subir, l'heure était maintenant de passer à l'offensive. Et il lui semblait que les évènements qui se préparaient allaient lui donner une merveilleuse occasion de mettre en pratique ses nouvelles résolutions.

Il chevauchait avec sa sœur assise en croupe derrière lui. Elle l'avait accompagné comme ils en avaient convenu, mais elle faisait la moue depuis le départ de la cabane. Odilon avait bien tenté de lui parler, mais il n'arrivait pas à lui faire desserrer les dents et la bonne humeur qu'il affichait n'arrangeait rien, bien au contraire, cela ne faisait qu'accentuer la mine renfrognée de sa sœur.

Cette mauvaise humeur avait sa raison d'être. Bertille avait essayé de percer à jour les intentions d'Odilon, mais son « buté de frère » comme elle l'avait appelé était resté muet à ce sujet et ne lui avait même pas dévoilé ne serait-ce qu'une infime parcelle de celles-ci.

La raison était pourtant très simple : Odilon ne voulait pas inquiéter sa sœur et préférait attendre que son plan ait mûri dans sa tête pour lui en parler quand le moment serait venu.

Mais pour Bertille cela était plus qu'elle n'en pouvait accepter et le silence qu'elle gardait depuis le départ de la cabane était destiné à marquer sa désapprobation.

Arrivé au rocher de la vache noire, Odilon se demanda quelle route allait le mener au repaire des brigands.

Il décida d'emprunter la même route qui quelques jours auparavant avait permis cette rencontre fortuite.

Il avançait prudemment menant précautionneusement son cheval, ne voulant pas, comme lors de sa première visite, tomber dans un de ces pièges qui truffaient l'endroit.

Tout se passa au mieux jusqu'à ce qu'il se sentît surveillé.

- J'ai l'impression qu'on nous épie. Qu'en penses-tu Berty ? chuchota-t-il à sa sœur.
- Je suppose que tu as raison, lui répondit-elle laconiquement.
- Geoffroy ? cria-t-il, nous voudrions vous parler.

Mais il n'obtint aucune réponse. Ils continuèrent d'avancer prudemment. Victoire se frayait délicatement un chemin sur le sentier.

À ce moment, la route bifurquait légèrement.

- On va se rompre le cou, s'exclama Bertille. Et c'est le mieux qui pourrait nous arriver. Je n'ose pas envisager autre chose !
- Arrête Berty, intima Odilon qui en avait assez de voir sa sœur faire la tête. Tu n'as rien à craindre, voyons !

-       Non juste de me faire empaler par une lance cachée dans une de ces chausse-trappes ? rétorqua Bertille.

Odilon ne répondit pas, il venait de s'engager dans un chemin de terre. Le terrain s'alourdissait rendant difficile leur progression.

Deux hommes armés d'une arbalète surgirent brusquement devant eux faisant faire un bond en arrière à Victoire.

-       Vous voulez voir Geoffroy ? demanda le plus grand des deux.
-       Oui, acquiesça, Odilon.
-       Et elle ? fit le plus petit en pointant son arbalète sur Bertille qui tentait de se dissimuler vainement derrière son frère
-       C'est ma sœur, répondit Odilon. Elle est avec moi.

Les deux hommes se concertèrent en silence, puis l'un d'eux dit en regardant Odilon.

-       Bien. Suivez-nous.

Bertille n'avait pas dit un mot. Elle cachait tant bien que mal son effroi et s'était rapprochée de son frère qu'elle tenait fermement par la taille pour se donner l'illusion de se protéger.

-       Quelle bonne idée tu as eue de m'amener avec toi Ody. Un peu plus je me faisais estourbir sans autre forme de procès, murmura Bertille à l'oreille d'Odilon qui, agacé, lui donna un coup de coude dans les côtes.

Sur un signe des deux hommes, Odilon descendit de cheval et fit signe à sa sœur d'en faire autant. Tous quatre avançaient avec la plus grande précaution afin d'éviter les pièges et autres obstacles qui rendaient les abords de la forêt si périlleux pour les étrangers.

Ils suivirent les deux hommes jusqu'au refuge des brigands.

Quand ils arrivèrent, Geoffroy était assis devant sa tente et se restaurait en semblant réfléchir calmement.

À la vue d'Odilon qui approchait, il abandonna son repas et leva les bras hauts vers le ciel.

-         Odilon, mon petit ! Quelle bonne idée de venir me rendre une petite visite. Je suis bien content de te voir.

Apercevant Bertille il demanda.

-         Qui est cette belle jeune fille qui t'accompagne ?
-         C'est Bertille ? ma sœur
-         Bertille ! Comme tu as changé mon enfant ! Je suis si heureux de te revoir.

Il serra chaleureusement Bertille dans ses bras. Des larmes perlaient sur son visage. En revoyant Bertille, Geoffroy ne pouvait s'empêcher de penser à ses deux filles, Nicollette et Laudine, desquelles il était, compte tenu des évènements, sans nouvelle et qu'il n'avait pas revues depuis si longtemps.

-         Moi aussi je suis heureuse de vous revoir, dit Bertille très émue

Elle fut surprise de voir avec quelle aisance et quel naturel, son frère s'entretenait avec ses brigands même si Geoffroy était le père de Nicolette.

-       Venez, venez, dit Geoffroy en indiquant d'un signe de la main sa tente. Entrons sous ma tente.

Les deux jeunes gens s'exécutèrent. Une fois installé, Geoffroy les interrogea sur la raison de leur visite.

-       Que me vaut le plaisir de votre visite ?
-       J'ai besoin de votre aide Geoffroy, expliqua Odilon.

Il exposa brièvement les évènements dont ils avaient eu connaissance ces dernières heures, passant sous silence sa visite à la sorcière et s'arrêtant sur la venue des soldats.

-       Comment se fait-il qu'il aient pu s'aventurer aussi loin dans la forêt sans tomber dans vos pièges ou sans que vous les arrêtiez ?

Le visage de Geoffroy s'assombrit.

-       J'ai vu ces soldats et je me doutais bien qu'ils venaient pour toi. Mais j'ai trouvé plus judicieux de ne pas intervenir et de les laisser s'engager sans les arrêter.
-       Comment ? s'insurgea Odilon. Vous les avez vus et vous n'avez rien fait pour les arrêter ?
-       J'étais certain qu'ils n'oseraient pas s'aventurer trop loin dans la forêt et d'ailleurs, il s'est avéré que j'avais raison.
-       Peut-être, mais quand même...

-       Je serais intervenu s'il s'en était pris à toi petit, sois-en sûr ajouta Geoffroy devant la mine défaite d'Odilon et un peu pour se faire pardonner

Bertille fit une moue dubitative.

-       En agissant comme vous l'avez fait, ces soldats vont se sentir en confiance, et s'il leur prend l'envie de revenir...
-       ... nous interviendrons et ils ne ressortiront pas vivants de cette forêt, termina Geoffroy fermement. Tu as ma parole.

Odilon le remercia mollement.

-       Cela me semble être une bonne tactique, admit Odilon.

Il fit part à Geoffroy de ses intentions et résuma ce que Bertille venait de lui apprendre.

-       Bertille m'a appris que Garin organisait ce soir une grande fête au château. Je pense que l'on pourrait en profiter pour se glisser à l'intérieur de l'enceinte pour aller porter secours à ma mère... et à vos filles.
-       Hum... une fête dis-tu ? C'est intéressant en effet. Mais, comment comptes-tu t'y prendre pour accéder au château sans être vu ?
-       Ce sera assez difficile j'en conviens. Je m'en doute d'autant plus qu'il y aura des soldats en faction tout autour du château, mais je compte sur la fête pour les détourner un peu de leur surveillance.
-       Ne crois pas cela petit. Un soldat en faction reste un soldat en faction et il effectue son travail jusqu'à ce qu'il soit relevé de sa garde. Les hommes de Garin sont bien plus nombreux que nous et nous ne pouvons les attaquer de front —

bien que l'envie ne nous manque pas — sans risquer une lourde défaite et de nombreuses pertes parmi mes hommes qui nous feraient perdre toutes nos chances. En plus, n'oublie pas que Raoul et ses hommes sont toujours à ta recherche. Ils risquent donc d'être dispersés et quand bien même nous arriverions à en surprendre certains, d'autres risquent de nous surprendre à leur tour en rentrant au château après une tournée d'inspection et nous serions dans de sales draps. Crois-moi, Garin ne nous épargnerait pas.

Geoffroy resta silencieux quelques instants.

-        Cela dit, on peut supposer en effet que la fête occasionne quelques petites perturbations dans l'organisation de la garde. Il faudrait profiter d'un moment d'inattention pour agir.
-        Vous seriez d'accord ? s'exclama Odilon tout joyeux. Vous croyez donc que mon idée serait réalisable ?
-        Elle est au moins à étudier.
-        Mais il faut faire vite, la fête a lieu ce soir. Je pensais… enfin… j'espérais que vous accepteriez de me donner un coup de main et que vous pourriez protéger Bertille en mon absence.

Geoffroy posa son regard sur Bertille.

-        À quelle occasion as-tu été informée de cette fête au château, demanda-t-il à Bertille qui jusque-là était restée assise à leurs côtés sans dire un mot.
-        J'ai surpris une conversation entre Garin et Raoul un peu avant mon départ.
-        Tout cela me semble bien étrange. Ne le prend pas mal Odilon, mais si je suis resté en vie jusqu'à maintenant c'est parce que je suis très méfiant et qu'avant d'agir je vérifie toujours mes sources. Nous n'avons pas le temps de vérifier si cette

information n'est pas un piège tendu par Garin comme appât pour t'attirer et te faire prisonnier. Il faut être circonspect et ne pas agir à la légère, nous risquerions de perdre toutes les chances par excès de précipitation.

- Mais comment Garin aurait-il pu savoir que Bertille s'échapperait et viendrait me raconter ce qu'elle a entendu ? fit remarquer Odilon.

- Tu as raison, je dois me faire vieux admit Geoffroy. Mais il ne faut pas négliger le fait qu'à l'heure qu'il est Garin est peut-être au courant de la fuite de Bertille et qu'il a eu le temps de s'organiser pour attendre ta venue.

- Je pensais pourtant que c'était une bonne occasion pour nous, soupira Odilon découragé.

Il baissa les yeux. Son excitation laissait place à une profonde déception. Il aurait voulu tenter quelque chose tout de suite. Il craignait pour sa mère la colère de Garin lorsqu'il s'apercevrait de la fuite de Bertille. Geoffroy vit son désarroi.

- Je pense en effet que c'est une bonne occasion ! lança-t-il soudain les yeux pétillants de malice. Et puis, de toute façon, c'est vous qui avez raison, on ne peut pas attendre ici les bras croisés que les choses tournent à notre avantage. Alors, dis-moi petit, comment comptes-tu t'y prendre pour entrer dans le château ?

- Je comptais me rapprocher du château ce soir, me glisser à l'intérieur et voir comment les choses ont évolué là-bas...

- Hum... Écoutez-moi, il y a une autre solution.

- Vous avez une idée ? s'écria Odilon dont le visage s'illumina à nouveau.

- Je t'ai dit l'autre jour qu'il nous arrivait parfois de nous rende en ville déguisés en mendiants ou en faux moines pour glaner quelques informations et ramener également de la nourriture.

-       Je me le rappelle en effet.

-       Hier, Enguerrand, Adalbéron et Guillaume se sont rendus en ville. Ils ont croisé quelques marchands qui leur ont appris que la foire annuelle allait se tenir aux abords de la ville d'ici à huit jours.

-       La foire annuelle ? Quel rapport avec nous ?

-       Ils ont surpris également certains villageois qui disaient que le château profiterait de cette foire pour organiser un grand tournoi.

-       Un tournoi ?

-       Oui, mais il faudrait en savoir davantage sur ce tournoi. J'ai dans l'idée que Garin cherche par ce biais à t'attirer dans un piège, mais je ne fais là que des suppositions d'où la raison de mes réticences.

-       As-tu entendu parler d'un tournoi Bertille avant ton départ ? demanda Odilon à sa sœur.

-       Non, je ne m'en souviens pas !

-       Mais en quoi serait-ce un piège ? demanda Odilon

-       Garin te cherche, mais il ne te trouve pas. Puisqu'il ne parvient pas à t'attraper, il va te faire venir à lui.

-       Mais comment pourrais-je être au courant de l'organisation de ce tournoi ? Je ne le savais pas avant que vous ne m'en parliez !

-       Peut-être... mais je sens une arnaque quelque part et ce qui m'agace c'est que je ne sais pas où elle se trouve !

-       Il faudrait en savoir davantage sur ce tournoi ainsi nous serions mieux armés pour prendre sereinement notre décision, ne trouvez-vous pas ?

Geoffroy regarda Odilon.

- Tu n'abandonnes jamais petit, souria-t-il. Bien. Gardons une partie de ton idée : il faudrait te glisser à l'intérieur du château ce soir en profitant de la fête pour tenter d'en savoir plus sur cette histoire de tournoi.
- Vous n'y pensez pas ! s'alarma Bertille. C'est beaucoup trop dangereux. Que ferions-nous si Ody était retenu prisonnier ?

Geoffroy ne fit pas attention à sa remarque et poursuivit.

- Connais-tu un autre endroit que le pont-levis pour entrer au château ?

Bertille et Odilon échangèrent un regard.

- Il y en a deux, répondirent-ils en cœur ;
- Lesquels ? demanda Geoffroy
- Le premier est le passage secret qui relie le château à la lande : c'est lui que Bertille a utilisé pour s'échapper l'autre soir. Nous savons que Garin ne connaît pas ce passage.
- Trop risqué compte tenu que Garin fait surveiller tous les abords du château la lande est trop à découvert. Et l'autre ?
- Il reste la poterne
- De quoi s'agit-il ?
- Une porte secrète qui se trouve sur le flan Est du château, ajouta Bertille
- La poterne hein ? Excellente idée. Elle est protégée et à l'abri des regards. Crois-tu pouvoir atteindre cette porte sans te faire remarquer ?
- Heu... je le crois, répondit Odilon en tâtant sa bourse. Si du moins la sorcière ne s'est pas trompée, ajouta-t-il pour lui-même.

\-   Alors tu vas profiter de la fête de ce soir pour entrer au château et glaner des informations.

\-   D'accord

\-   D'accord ? Mais il n'en est pas question, vociféra Bertille. Es-tu devenu fou Odilon ? Et vous êtes-vous conscient des risques que vous le poussez à prendre ?

\-   Je suis sûre que ton frère possède des ressorts cachés. Pas vrai Odilon ? fit Geoffroy en faisant un clin d'œil au jeune garçon.

Odilon dodelina de la tête.

\-   Se pouvait-il que Geoffroy soit au courant de sa visite à la sorcière ? se demanda-t-il. L'avait-il fait suivre pour le protéger ? Et pourquoi ne lui en avait-il pas parlé ?

\-   On va partir sur le champ. Il ne faut pas perdre de temps si l'on veut être arrivé au château pour la fête, trancha Geoffroy en se levant.

\-   Je vous accompagne, lança Bertille.

\-   Ah ça non ! ordonna Odilon. Il n'en est pas question Berty ! C'est beaucoup trop dangereux !

\-   Si c'est dangereux pour toi, ce sera dangereux pour moi ! Je viens avec toi un point c'est tout !

Odilon n'insista pas, cela ne servait à rien. De toute façon, sa sœur n'en faisait qu'à sa tête. Ce fut Geoffroy qui trancha.

\-   Elle nous accompagnera jusqu'à l'orée de la forêt. Là, nous attendrons ensemble ton retour et nous te laisserons agir seul. T'en sens-tu capable ?

\-   Absolument.

\-   Très bien.

-       Encore une chose, dit Odilon en rattrapant Geoffroy par
sa manche alors qu'il s'apprêtait à sortir de sa tente.
-       Oui, quoi ?
-       Faites-moi une promesse.
-       Laquelle ?
-       Quoi que vous voyiez ou qui puisse vous sembler étrange,
promettez-moi de ne pas intervenir, de me faire confiance et de
ne vous étonner de rien.
-       Mon petit, depuis que je suis dans cette forêt, j'ai appris
à ne plus m'étonner de rien. Tu as ma parole.
-       Mais pas la mienne ! intervint Bertille. Qu'est-ce que tu
as encore dans la tête ?

Odilon baissa la tête sans rien dire.

-       Ne réponds pas. De toute façon, ce que je dis n'a aucune
importance !
-       Mais non Berty, mais avoue que tu me fais bien peu
confiance !
-       Je m'inquiète tellement pour toi !
-       Laissez-moi trois heures. Si je ne suis pas revenu dans
ce délai, c'est que je serai retenu au château et peut-être que
j'aurai été fait prisonnier. Vous serez alors seuls à pouvoir agir.
Je vous laisse mon cheval, il pourrait toujours vous servir.
-       Ody ? s'enquit Bertille en portant les deux mains à sa
bouche.
-       Cela me semble correct, acquiesça Geoffroy. Je protégerai
ta sœur en ton absence ne te fais aucun souci. Mais à ton tour
de me faire une promesse.
-       Laquelle ?
-       Promets-moi d'être prudent.

Odilon sourit.

\-   Promis.

Bertille embrassa tendrement son frère qui en retour la serra très fort dans ses bras.

\-   À cette nuit, les amis, je ne serai pas long !

Ils sortirent de la tente. Geoffroy fit signe à Enguerrand et Adalbéron de s'approcher.

\-   Je vous présente Odilon et sa sœur Bertille. Vous allez nous escorter jusqu'à l'orée de la forêt. Prenez vos arcs et accompagnez-nous.

Les deux hommes s'exécutèrent. Peu de temps après, ils se mirent tous en route et s'engagèrent sur le chemin où ils disparurent derrière les hautes branches des arbres.

CHAPITRE XXXVI

Une visite précipitée

Pendant ce temps, Raoul, Giraud et leurs hommes étaient revenus au château. Chemin faisant, Giraud s'était ravisé et avait décidé d'agir de son côté sans en référer à Raoul.

Sitôt entré dans l'écurie, il avait fait signe à ses hommes de ne pas dételer leurs chevaux et de se préparer à repartir. Certains avaient maugréé d'autres avaient demandé si Raoul était au courant de ce subit changement dans les ordres. Giraud avait alors préféré mentir pour s'assurer ainsi la parfaite obéissance de ses soldats qu'il savait restés fidèles à Raoul.

En moins de temps qu'il ne fallait pour le dire, et dès que Raoul avait été hors de leur vue, Giraud avait donné le signal du départ et il se trouvait maintenant galoper avec ses hommes sur la route de l'abbaye.

L'occasion pour Giraud de se faire mousser auprès de Garin était trop belle pour qu'il laisse passer sa chance. Il menait ses hommes à vive allure, trop heureux qu'il était de pouvoir enfin récolter les lauriers qu'il avait attendus depuis si longtemps alors qu'il était resté dans l'ombre de Raoul.

Au train où ils allaient, ils ne furent pas longs à arriver à l'abbaye. Après être descendu de cheval, Giraud frappa à la porte et le frère portier lui ouvrit.

- Qui va là ? Demanda celui-ci étonné de voir tous ces hommes à cette heure de la nuit.

- Emmenez-moi au Père Abbé, ordonna Giraud en forçant la porte.

- Il est sorti Messire, dit simplement le frère portier, déséquilibré par la poussée de Giraud et se rattrapant à la lourde porte en bois.

- Sorti ? répéta Giraud. Et où est-il allé ?

- Je ne sais pas Messire. Je n'ai pas l'habitude de le lui demander !

- Qui le remplace ?

- Le frère prieur.

- Va me le chercher !

- Je... Je... ne peux pas Messire.

- Et pourquoi dis-moi ?

- Parce que... parce qu'il... n'est pas là non plus !

- Tu te moques de moi ? hurla Giraud.

- Non... non...

- Je ne suis pas aussi sot que Raoul. Méfie-toi ! menaça Giraud.

Il avait prononcé ces derniers mots en agrippant le haut de la bure du pauvre moine jusqu'à soulever ses pieds du sol.

- Mais je vous assure Messire... bafouilla le frère portier

Giraud en rage lâcha le frère portier qui tomba à la renverse sur le sol. Frère Aubin et Frère Otinel qui passaient à ce moment-là se précipitèrent pour le relever.

- Mais que faites-vous Messire ? demanda Frère Aubin. N'êtes-vous pas fou d'agir ainsi à l'intérieur même d'un lieu sacré ?

-       Ah ! Ne m'agace pas toi non plus !

Frère Aubin s'avança, prit le bras de Giraud et l'entraîna à part.

-       Si j'étais vous Messire, je ne ferais pas cela murmura-t-il
-       Et quoi ? Tu as une meilleure idée ?
-       Peut-être
-       Alors, parle ! ordonna Giraud. Sais-tu où est Odilon ? Ce garçon me rend fou !
-       Ernaud a suivi les instructions de Raoul. Il a fouillé de fond en comble la cellule du Père Abbé en profitant de son sommeil. Entre parenthèses, votre poudre est diablement efficace !
-       Et alors ! s'impatienta Giraud
-       Alors ? Il n'a rien trouvé.
-       Et quelle est ton idée ?
-       D'après ce qu'il m'a dit, il a suivi le père Abbé et celui-ci s'est rendu en ville hier
-       En ville ? s'étonna Giraud
-       Oui en ville
-       Et après ?
-       Quand il est parti, il paraissait soucieux et quand il en est revenu, il semblait soulagé
-       Et tu en conclus ?
-       Mais la même chose que vous je suppose Messire. Il m'est avis qu'il a trouvé dans la ville ce qu'il était parti y chercher. Si vous voyez ce que je veux dire.
-       Non je ne vois pas ce que tu veux dire ? Que cherchait-il ?
-       Mais Odilon, voyons ! Je pense que l'Abbé cherchait Odilon dans le souterrain, mais comme il ne l'y a pas trouvé, il est allé en ville le chercher chez quelqu'un où il savait qu'il le trouverait...

\-   Et ce quelqu'un, sais-tu de qui il s'agit ?

\-   Mais bien sûr ! Il s'agit de Robert, le maréchal-ferrant !

\-   Et il l'a trouvé tu crois ?

\-   Je ne peux pas en être sûr, mais vu son air guilleret à son retour, c'est probable.

\-   Mais ce n'est pas possible. Nous y sommes allés un peu plus tôt et nous avons fouillé partout. Il n'y avait personne !

\-   Alors je ne sais pas. Peut-être n'a-t-il pas trouvé Odilon, mais a-t-il eu la preuve qu'il était encore en vie et que vous ne l'aviez pas arrêté. Il est certain qu'il a trouvé quelque chose ou quelqu'un qui lui a donné des nouvelles d'Odilon. Des nouvelles suffisantes pour le soulager, en tout cas.

\-   Et qui lui aurait donné ces informations ?

\-   Vous n'avez pas que des amis en ville, vous savez Messire. Et nombreux sont ceux qui n'attendent que le moment de se rebeller.

\-   C'est ma foi vrai ! admit Giraud. Oh ! Que tu m'énerves toi ! En attendant, je n'ai toujours pas retrouvé Odilon. Je ne peux pas rentrer au château ainsi bredouille.

\-   Il le faut pourtant Messire. Vous n'avez pas le choix. Il vous faut partir et vite avant que le Père Abbé ne revienne. Croyez-moi, ce sera mieux pour tout le monde.

Giraud pesta, mais se rendant à l'évidence, il fit demi-tour et se remit en selle.

Sitôt avaient-ils franchi le Lô, que le Père Abbé arrivait portant sous le bras un panier en osier rempli d'herbes médicinales.

CHAPITRE XXXVII

Une entreprise audacieuse

Arrivés aux abords du château, les cinq amis se séparèrent et Odilon continua seul et à pied son chemin, laissant son cheval, sa sœur et ses camarades à l'orée de la forêt.

Odilon n'avait pas osé parler à Geoffroy de l'anneau magique que lui avait donné la sorcière et dont il comptait bien se servir lors de sa visite au château. C'est la raison pour laquelle il avait demandé à Geoffroy de ne pas s'inquiéter de ce dont il pourrait être témoin au cas où il assisterait à sa métamorphose et à sa disparition subite.

Il avança silencieusement le plus près possible du château. Il aperçut non loin de lui une butte rocheuse derrière laquelle il se camoufla.

Le château fort se dressait devant lui, protégé par ses remparts et ses profondes douves. Depuis ce poste d'observation, Odilon pouvait, à loisir, observer le château sans crainte d'être surpris.

Comme Bertille l'avait prévenu, le château était bien gardé.

-       À ce que je vois, se dit-il, la fête n'empêche pas Garin de rester vigilant quant à la surveillance des abords du château

Odilon assista à la relève de la garde : il vit un certain nombre de soldats, sortir ayant terminé leur faction, d'autres se mettre en marche pour aller les remplacer, d'autres enfin, parmi lesquels Odilon crut reconnaître Giraud, se diriger vers l'intérieur du château par le pont-levis abaissé à cet effet, pour se rendre, probablement, à la grande salle dans laquelle Odilon conclut que devait se tenir la fête organisée par Garin.

Seule cette grande salle, en effet, qui servait également de salle de réunion, pouvait recevoir une assemblée aussi nombreuse. Cependant, située dans l'aile gauche du château en entrant par le pont-levis, elle était accessible directement depuis la cour et devenait un passage obligé pour Odilon qui devait passer par là pour se rendre à l'étage supérieur.

Cette grande salle était appelée communément « salle des pas perdus » par le père d'Odilon en référence à la coutume qu'il avait d'y marcher de long en large lorsqu'il avait besoin de réfléchir jusqu'à parfois donner le tournis aux spectateurs qui le regardaient passivement se mouvoir ainsi parfois des heures durant.

Ce déploiement de force n'arrangeait pas les affaires d'Odilon qui devait en tenir compte pour se rendre jusqu'à la grande salle à proximité de laquelle se trouvait le grand escalier qui menait à la chambre de sa mère.

Il tâta sa bourse.

-       Il est temps, songea-t-il, de passer au deuxième volet de mon plan et de voir si l'anneau que m'a donné la sorcière possède réellement des pouvoirs magiques. C'est le moment où jamais de les mettre en pratique.

Il prit l'anneau dans sa bourse et le passa à son doigt. Puis, en suivant scrupuleusement les conseils de la sorcière, il prononça les paroles magiques.

-      Auriculum annus invisibilis !

Il ne ressentit rien. Il eut même la désagréable impression que rien ne se passait.

-      C'est bien ce que je pensais, constata-t-il, sceptique, cela ne marche pas !

Il resta immobile quelques instants. Devait-il recommencer l'expérience ? Peut-être avait-il mal prononcé les mots magiques ? Il chercha au fond de sa mémoire à se rappeler les paroles exactes de la sorcière, pourtant il lui semblait avoir respecté à la lettre ce qu'elle lui avait dit. Que pouvait-il faire d'autre ? Devait-il tout arrêter et repartir rejoindre ses amis dans la forêt sans avoir tenté quoi que ce soit ? Ou bien devait-il continuer coûte que coûte en restant prudent et en jouant le tout pour le tout ? Qu'avait-il à perdre au fond : sa mère et sa famille étaient prisonnières, sa sœur et lui ne pouvaient pas vivre toute leur vie en marge de la société comme des brigands qu'ils n'étaient pas. Et son père, que penserait son père s'il savait que son fils était un pleutre et d'ailleurs qu'aurait-il fait lui-même en pareille occasion ?

Malgré la peur qui l'étreignait, malgré les conséquences dramatiques que pouvait prendre sa décision, Odilon après avoir mûrement réfléchi fit ce qu'il estimait que son père aurait fait dans la même situation et décida qu'il lui fallait continuer d'avancer et de mener à bien le plan qu'il s'était assigné. De son entrée dans le château ce soir-là dépendait la réussite de son plan et Odilon voulait, plus que tout, mettre toutes les chances de son côté.

-        Après tout, se dit-il, il n'y a personne avec moi pour me dire si l'enchantement a marché. Peut-être suis-je invisible ? Ou peut-être pas ? Je n'ai pas le temps de revenir sur mes pas pour le savoir et demander à Geoffroy. Allez courage Odilon, tu es un homme et tu dois y arriver. Pense à ce que t'a dit Maître Hann : «tu n'as peur que de l'image que tu te fais des choses». J'ai réussi à m'en sortir jusque-là, espérons que cela va continuer. Tout n'est qu'affaire de volonté.

Tout en s'avouant qu'il prenait un bien grand risque, il fit un effort sur lui-même et rassemblant tout son courage, il rampa jusqu'aux douves.

Ce faisant il se remémora les préceptes du vieux sage : «Trouve, à l'intérieur de toi-même, les ressources nécessaires pour parvenir à tes fins».

CHAPITRE XXXVIII

L'anneau magique remplit ses promesses

L a brume avait succédé au crépuscule, et les feux de la lune illuminaient progressivement le ciel. Arrivé aux abords des douves, Odilon hésita un instant.

Il avait sérieusement réfléchi au moyen d'entrer dans le château. Il avait, un moment songé à utiliser, comme l'avait fait sa sœur, le passage secret qui partait du deuxième étage du château et aboutissait à la lande. Mais la réflexion de Geoffroy sur la dangerosité de ce passage du fait que Garin surveillait les abords du château l'avait fait réfléchir et changer d'avis. D'ailleurs, il ne savait pas si le deuxième étage n'était pas occupé par des soldats et il voyait mal comment expliquer l'ouverture de la cheminée s'il était invisible. Il en était arrivé à la conclusion que Geoffroy avait raison. Il admit également que cela risquait de dévoiler un passage secret qui pouvait s'avérer fort utile par la suite. Par précaution donc, il opta pour passer par la poterne même si cela devait lui occasionner le désagrément de devoir rester mouillé pendant toute la durée de sa visite.

Avec précaution, il se laissa glisser dans l'eau. Il fut saisi, tout d'abord, et un frisson lui parcourut tout le corps : l'eau était sale et glacée et ce n'était pas son invisibilité qui lui empêchait de ressentir le froid jusque dans la moelle de ses os.

-       Ce n'est rien, se dit-il. Il ne faut pas y faire attention. Il faut continuer coûte que coûte.

Il nagea en direction de la poterne. L'obscurité l'empêchait de se diriger facilement.

Soudain, un coassement le fit sursauter : il fut éclaboussé par une petite bestiole, plus apeurée que lui, qui venait de plonger juste devant sa tête. C'est alors qu'Odilon se rappela qu'une tribu de grenouilles avait élu domicile dans l'eau des douves, se reposant parfois sur des sortes de nénuphars qui avaient éclos à la surface de l'eau.

Dans un brusque mouvement, Odilon sans plus attendre, plongea la tête sous l'eau.

Déjà, une voix qui provenait du chemin de ronde s'écria :

-       Qui va là ?
-       Que se passe-t-il caporal ? interrogea un commandant qui passait par là.
-       Je ne sais pas mon commandant, c'est comme si j'avais entendu quelque chose remuer dans les douves.
-       Quelque chose remuer ? Et qu'était-ce donc ?

Le caporal se pencha à travers le créneau du parapet, mais il faisait bien trop sombre pour qu'il puisse apercevoir quelque chose.

-       Je ne vois rien, mon commandant.

Le commandant se pencha à son tour.

-       Hum. Il fait bien trop sombre pour y voir quelque chose d'ici. Je vais envoyer des hommes vérifier par prudence. On ne sait jamais.

Il s'éloigna, prit deux hommes avec lui et descendit vers les douves par l'escalier de la tour.

Pendant ce temps, Odilon avait atteint en nageant sous l'eau, la courtine. À tâtons, il longea la courtine jusqu'à ce qu'il aperçoive la poterne, située dans un renfoncement de la courtine. Il se hissa sur le marchepied et tenta d'ouvrir la porte en vain : celle-ci résista.

-       Pas étonnant, se dit Odilon. Il y a si longtemps qu'elle n'a pas servi. Elle doit être rouillée depuis le temps.

Il essaya à nouveau, mais rien n'y fit. C'est alors qu'il se rappela qu'il portait toujours avec lui une clé qui devait lui permettre d'ouvrir cette porte. Elle ne le quittait jamais, il ne savait d'ailleurs pas vraiment pourquoi, mais c'était ainsi, et il s'en félicitait aujourd'hui.

Il attrapa la clé, cachée dans sa bourse, espérant que la porte était simplement fermée à clé. Un cliquetis se fit entendre en effet, et avec un peu d'insistance la porte s'entrebâilla.

À ce moment, du bruit se fit entendre provenant du pont-levis qui enjambait les douves. Le commandant et ses hommes inspectaient les douves et venaient dans sa direction. Ils portaient avec eux une grosse torche qui éclairait leur chemin.

Pendant l'espace d'un instant, Odilon fut pris de panique : avait-il le temps de franchir la poterne sans être vu ? Il ne savait plus que faire : devait-il rebrousser chemin et plonger à nouveau dans l'eau glacée des douves ou bien devait-il continuer et tenter de passer de l'autre côté de la poterne où un fossé d'eau glacée l'attendait ?

- Même si je suis invisible si, dit-il, la poterne, elle, ne l'est pas et le fait qu'elle soit entrebâillée attirera forcément l'attention des gardes

Alors que faire ? Les trois hommes approchaient et se trouvaient maintenant à quelques pas de lui.

Aussi, Odilon décida-t-il qu'il serait préférable de franchir la poterne et de se jeter dans le fossé de l'autre côté plutôt que de rebrousser chemin.

- S'ils voient la poterne ouverte, ils vont tenter de la refermer et placer de gardes devant. Je ne pourrai plus alors entrer par là et mon entreprise échouera.

Il se glissa derrière la porte et tenta de la refermer. Mais celle-ci résista à nouveau comme elle l'avait fait précédemment. Il était trop tard maintenant, pour continuer de forcer. Les trois hommes étaient arrivés à proximité de la poterne. Alors, dans un dernier effort, Odilon poussa de toutes ses forces et la porte se referma dans un crissement qu'il était impossible aux trois hommes de ne pas avoir entendu.

- Éclairez cet endroit, vite, ordonna le commandant aux deux hommes qui l'accompagnaient munis de torches.

Mais, ils ne virent rien que le mur sombre de la courtine. Tout semblait calme.

146

- Vous avez entendu, vous aussi ? demanda-t-il aux deux soldats qui firent un signe de tête en signe d'acquiescement. Qu'est-ce que cela peut bien être ?

C'est alors que plusieurs grenouilles, surprises par la lumière des torches, se mirent à coasser de terreur faisant des bonds dans l'eau.

Le commandant éclata de rire.

- Voilà que je me mets à avoir peur des grenouilles maintenant ! ria-t-il. Allons, remontons, il n'y a rien ici qui ne soit dangereux : cette tension va nous rendre complètement fous.

Ils s'éloignèrent vers le pont-levis qui fut relevé immédiatement après leur passage.

Odilon, lui, avait plongé dans le fossé et atteignait déjà la chemise du donjon. Il gagna le rivage, s'agrippa sur un petit pont qui séparait la courtine de la chemise du donjon et se retrouva au sec. Il était transi de froid et dut réprimer un éternuement violent qui lui chatouillait les narines.

- Ce n'est pas le moment que je m'enrhume, souria-t-il.

Il ne pouvait empêcher l'eau de dégouliner tout autour de lui. Il se secoua comme il put.

- Me voilà bien, si tout a bien marché, je suis invisible et voilà que je vais me faire repérer à cause de l'eau qui ruisselle autour de moi : de cette façon, on peut me suivre à la trace !

Bravo Odilon, tu fais très fort dans ton apprentissage de l'aventure !

Le plus dur restait à faire : il lui fallait maintenant franchir la chemise du donjon qui lui faisait face et faire son entrée dans l'espace libre de la cour qui séparait la chemise de la salle des pas perdus dans laquelle Odilon était persuadé que devait se tenir la fête organisée par Garin.

Et cela n'était pas une mince affaire : à découvert, il lui fallait traverser une cour de plusieurs mètres, certainement pleine de soldats qui, soit faisaient la fête soit étaient en faction, secondés par des hommes qui marchaient sur le sommet de la chemise du donjon et qu'Odilon pouvait déjà apercevoir depuis le petit pont où il se trouvait.

Odilon ne craignait pas de se retrouver dans le château de son enfance dont il connaissait fort bien tous les recoins. Mais, ce qu'il craignait par-dessus tout actuellement, c'était que la magie de la sorcière n'opérât pas. Car, si tel était le cas, il se trouverait alors en grand danger et rien ni personne ne pourrait empêcher Garin de le faire prisonnier. Ce qui signifiait alors que tout son plan tombait à l'eau, et cela Odilon ne voulait pas l'entendre. Alors, il franchit la chemise du donjon, le cœur battant en se répétant inlassablement comme pour se suggestionner :

-        Cela va marcher ! Cela va marcher !...Je suis invisible...

Sans vraiment s'en rendre compte, il se trouva rapidement dans la cour. Des cris de rires et de chants lui parvenaient aux oreilles venant de la grande salle. Il se laissa guider par eux et longea prudemment le mur sans oser encore s'en dégager.

Il ne s'aperçut pas tout de suite, absorbé qu'il était par sa surveillance et des hommes en faction sur la chemise du donjon et de ceux qui se trouvaient non loin de lui devant l'entrée du donjon, que deux hommes, un gobelet à la main s'étaient approchés dangereusement de lui jusqu'à le frôler.

Odilon sursauta lorsqu'il s'en rendit compte, mais il eut beau regarder de part et d'autre de l'endroit où il se trouvait, rien ne lui permettait de se camoufler ni d'éviter de se trouver face à ces deux hommes un peu gais, lui parut-il pour avoir trop goûté à la boisson que contenait leurs verres.

Alors dans un sursaut, ne pouvant rien faire d'autre que de continuer d'avancer, Odilon, arrêta sa respiration et fit face aux deux hommes. Ceux-ci continuèrent leur conversation comme si de rien n'était et passèrent à côté de lui sans le remarquer. Odilon dut même esquisser un mouvement sur le côté pour les éviter.

Il n'en crut pas ses yeux. Il tâta son corps : alors c'était vrai, la sorcière avait raison, il était invisible ! Vraiment invisible ! Un doute cependant le taraudait. Peut-être que ces gardes ayant trop abusé du vin avaient la vue brouillée et peut-être était-ce la raison pour laquelle ils n'avaient pas fait attention à lui. À moins qu'il se soit trouvé dans un coin d'ombre qui le cachât des soldats.

Il cherchait toutes les explications plausibles qu'il pouvait trouver. Il voulut en avoir le cœur net et préféra, avant d'être sûr de son invisibilité tentée, à l'instar de Gygès, une seconde expérience afin de vérifier son efficacité.

Tout à ses réflexions, il s'était approché tout près de la haute porte du donjon : des clameurs émanaient de la grande salle des pas perdus. Il voulut regarder au travers d'une des ouvertures, mais c'est alors qu'un soldat à l'air bien éméché sortit, en s'étirant, prendre une bouffée d'air frais.

Odilon, par réflexe, se colla contre le mur bien que cela ne servait pas à grand-chose, il se trouvait beaucoup trop près de la porte pour ne pas être vu même par un soldat éméché. L'homme regarda dans sa direction, mais, à la plus grande joie d'Odilon, il ne le vit pas ! : l'homme regardait à travers lui comme s'il était transparent !

Pris au jeu, Odilon s'adossa au mur et s'approcha progressivement de l'homme. Il fit ainsi en sorte de se trouver dans son angle de vision. Il s'avança encore plus près, jusqu'à toucher le soldat, mais celui-ci ne le voyait toujours pas. Il se glissa derrière lui et lui donna une petite tape sur l'épaule gauche. Le soldat sursauta et se retourna d'un bond.

-        Hein ? fit-il en se retrouvant face à face avec Odilon qui sentit son cœur battre à tout rompre. Bah v'la qu'j'entends des voix... Hic... Oh ! tangua-t-il avant d'entrer dans le donjon suivi par Odilon qui était absolument sûr maintenant du pouvoir de l'anneau de la sorcière.

Rasséréné, il pouvait maintenant mener son entreprise à bonne fin.

CHAPITRE XXXIX

La fête

Arrivé dans la grande salle des pas perdus, il marqua un temps d'arrêt : jamais dans sa courte vie il n'avait vu autant de soldats rassemblés dans cette pièce. Le cliquetis des armes assorti du brouhaha qui régnait dans la pièce donnait une impression de beuverie qui lui donna la nausée.

Il tâcha de repérer parmi tout ce monde la silhouette de Garin ou celle de Raoul. Il les aperçut au fond de la salle non loin du siège où son père avait coutume de s'asseoir pour recevoir les doléances de ses sujets.

Avec cette prudence que lui avait donnée l'habitude de la chasse, Odilon contourna la salle en longeant les murs jusqu'à apercevoir Garin et Raoul. À leur posture, l'un en face de l'autre, il lui sembla évident que les deux hommes s'entretenaient. Il décida de s'approcher assez près pour entendre ce qu'ils se disaient.

Son invisibilité l'y aida grandement. Amorçant un mouvement circulaire, il promena son regard autour de lui et aperçut Laudine et Nicolette, chahutées par quelques soldats. Sans doute avaient-elles été réquisitionnées par Garin, car elles faisaient le service, un pichet de vin à la main. Il réprima un mouvement naturel qui le poussait à aller porter secours aux deux malheureuses, voulant rosser ces impertinents, mais il se ressaisit aussitôt se rappelant le but de sa visite.

Avec remords, il continua son chemin jusqu'à rejoindre l'endroit où se trouvaient Garin et Raoul.

Garin s'entretenait bien avec Raoul comme il l'avait subodoré, dans une conversation animée. Odilon se glissa derrière les hautes tentures et ce qu'il entendit le glaça d'effroi.

- Vois-tu mon bon Raoul, disait Garin, puisque tu n'arrives pas à capturer Odilon, nous allons tâcher de le faire venir jusqu'à nous !
- Et comment comptez-vous vous y prendre messire ? demanda Raoul ironique.
- Qu'est-ce qui compte le plus pour Odilon ? Sa famille. C'est son point faible. Et moi sa famille je la retiens prisonnière dans ce château. S'il lui arrivait aux oreilles, par un quelconque moyen que je vais trouver que sa mère est en danger, nul doute qu'il tenterait n'importe quoi pour lui sauver la vie.

Raoul acquiesça sans mot dire.

- Aussi ai-je réfléchi à un piège que je vais lui tendre et dans lequel, cette fois, je suis certain qu'il va tomber.
- De quoi s'agit-il ?
- Un tournoi mon cher, un tournoi ! D'ici à huit jours, la foire annuelle va se tenir aux enceintes de la ville. J'ai trouvé que c'était une occasion rêvée pour organiser dans le même temps un tournoi : cela dégourdirait un peu les hommes qui ne sont pas partis à la guerre et ce serait du même coup l'occasion pour moi de me débarrasser de ceux qui ne me sont pas totalement dévoués ou qui ne m'ont pas prouvé leur entière loyauté.

Garin fit une pause et regarda la salle d'un air vague. Puis il reprit.

-       J'ai déjà fait courir le bruit en ville que ce tournoi aurait lieu. Je veux ainsi que cela arrive aux oreilles d'Odilon. Il s'agit qu'il y vienne, bien entendu puisqu'il sera l'appât que j'attends ! Ah ah ah ! Génial non ? Mon intelligence m'étonne.
-       Mais vous savez aussi bien que moi qu'un tournoi cela signifie de nombreux morts. Le jeu en vaut-il vraiment la chandelle ? risqua Raoul.
-       Quoi ? C'est toi qui oses me dire cela ? s'écria Garin en haussant le ton ce qui eut pour effet de faire taire durant quelques secondes les soldats réunis dans la pièce qui tournèrent la tête en sa direction.

Garin leur fit un geste de la main et continua en prenant soin de baisser le ton.

-       Toi qui n'as pas été capable de me ramener Odilon comme prévu. Toi qui l'as laissé filer, et je ne sais comment, par les mailles de ton filet ! Toi, l'incapable qui me seconde !

Garin fit une pause avant de reprendre.

-       Un tournoi est meurtrier, c'est vrai, mais si je suis obligé d'en arriver là, c'est à cause de toi !

Raoul baissa la tête.

-       Ce qui m'intéresse dans ce tournoi, c'est l'enjeu financier que je peux y gagner. C'est le gain des prises et des rançons que je recherche. Et puis l'on peut changer les règles d'un tournoi !

Te rends-tu compte de ce que je pourrais tirer de ma capture d'Odilon dans ces conditions : il vaut de l'or à lui tout seul. Sa mère donnera toute sa fortune pour sauver son fils. Et moi, je veux tout : leur fortune, le château, me marier avec leur fille... Je deviendrai ainsi le seigneur le plus riche et le plus respecté. Une fois mon forfait accompli, je me débarrasserai de toute la famille.

-       Et que ferez-vous si le Comte Hugues de Beaufort revenait... osa Raoul.

-       Si le père trouvait la bonne idée de revenir, il ne dépasserait pas les limites de la ville et serait exécuté sans autre forme de procès. La puissance, Raoul, la puissance, cela n'a pas de prix !

Tout en parlant, ses yeux devenaient globuleux et le rouge qui lui montait aux joues les faisait ressortir.

Raoul ne disait rien. Il regardait Garin avec un regard de terreur. Il comprenait qu'il était pieds et poings liés et qu'il ne pouvait rien faire pour échapper à Garin sans risquer de se faire tuer lui aussi au détour d'un chemin. Son sort était lié à celui d'Odilon : pour eux deux, la mort était au bout du chemin quoi qu'il fasse et de quelque façon qu'il s'y prenne !

-       Lors du tournoi, reprit Garin, je ferai venir Hermeline et Adeline. Je veux qu'elles assistent à ma victoire et à leur déchéance. Je les installerai confortablement dans le logis qui surplombe le terrain. Je veux qu'elles voient, de leurs yeux, la capture d'Odilon et qu'elles assistent aux chants et aux fêtes que j'organiserai avant et après la rencontre. Je suis sure qu'Hermeline appréciera ce spectacle magnifique de sa déchéance. J'aurai enfin ma revanche !

-       Et que ferez-vous de Bertille et d'Aliénor ? risqua Raoul.

-       Bertille et Aliénor ? Mais elles me serviront d'otages pardi. Je m'assurerai ainsi de la docilité des deux autres en en gardant deux au chaud dans un cachot bien humide !

Raoul dut faire un effort pour masquer la peur qui le saisit soudain. Il lui sembla que Garin devenait fou, mais il eut la présence d'esprit de n'en rien laisser paraître de manière à ne pas attirer sur lui les soupçons de Garin.

-       Où comptez-vous organiser ce tournoi ? eut-il la force de demander en avalant difficilement sa salive.
-       Il me faut un terrain de dix kilomètres environ : je pense que le pré, à découvert entre le château et la forêt, fait à peu près cette distance : c'est là que le combat aura lieu.
-       Vous disiez que vous aviez l'intention de... « tricher » ? Que voulez-vous dire exactement ?
-       Tricher ? Oh je n'aime pas ce mot. Pour tricher, il ne faut pas respecter les règles. Mais moi, les règles, je les fais moi-même ! Alors je ne triche pas comme tu dis : je participe à un tournoi aux règles que j'ai moi-même fixées, voilà tout !
-       Et quelles sont ces règles ? insista Raoul.
-       Le terrain sera truffé d'hommes à moi : je ferai apporter de grosses pierres pour camoufler des archers qui tenteront d'entraver le repli d'Odilon s'il parvenait à prendre le dessus dans la mêlée, ce qui est peu probable. Une fois à terre, mes hommes n'en feront qu'une bouchée. Quel spectacle !
-       Et qui avez-vous choisi pour faire face à Odilon, messire ?
-       Qui ? Mais toi ! Idiot. Toi bien sûr. Ce sera l'occasion pour toi de te racheter de tes échecs précédents. Je te veux époustouflant, grand, magnifique, superbe et... vainqueur bien sûr, est-ce utile de le préciser ?
-       C'est ce que je craignais, murmura Raoul.
-       Quoi ?

- Je... Moi... bégaya Raoul en sueur. Peut-être feriez-vous mieux de demander à Giraud. Il est jeune, plein de fougue, désireux de montrer son ardeur aux combats et plus expérimenté que moi dans ce genre d'affrontement pour lequel je ne suis pas bien préparé.

- Et bien, prépare-toi ! Tu as huit jours pour cela. Mais ne t'inquiète pas. Giraud sera là aussi à tes côtés pour te seconder et te protéger. Vous faites une bonne équipe tous les deux je trouve.

Raoul ne répondit pas. Il avait déjà pris sa décision : il ne lui restait que la fuite pour se libérer des griffes de Garin et il fallait partir au plus vite sans attendre et emmener avec lui toute sa famille.

- Oh, petit détail que j'avais omis de te préciser ajouta Garin qui semblait avoir deviné les pensées de Raoul. S'il s'avérait, par impossible, que pour une raison ou pour une autre, tu ne montres pas toute ta superbe lors de ce tournoi comme je te l'ai demandé — la peur comme tu le sais est parfois bien mauvaise conseillère — je donnerais ordre à deux de mes archers de te tenir en joue et au premier faux pas ou si tu venais à perdre ce tournoi, ils t'exécuteront sur le champ. Comme tu le vois, tu n'as pas vraiment le choix !

Cette dernière phrase renforça Raoul dans sa décision. Il s'apprêta à se retirer.

- Messire voudra bien m'excuser, dit-il en se courbant légèrement, mais il faut que je parte maintenant. La poursuite d'Odilon ne doit pas attendre, plus je passe du temps ici, plus il a du temps pour s'échapper.

-       Oui tu as raison Raoul, il ne faut pas lui laisser trop de champ libre. Mais avec ce tournoi, je ne me fais aucun souci : Odilon viendra ce jour-là et il n'est plus besoin de lui courir après maintenant. Pas d'excès de zèle. Continuer à surveiller la région par mes hommes me semble suffisant. Pourquoi ne continuerais-tu pas à t'amuser avec moi ce soir ?

Garin fit signe à trois des hommes postés à l'entrée d'approcher.

-       Raoul, tu es mon invité jusqu'à la date du tournoi. Tu pourras t'entraîner à ta guise pendant ces huit jours. Ta femme et tes enfants ne manqueront de rien, je te le promets. D'ailleurs, mes hommes se sont déjà occupés d'eux. Prends tout ton temps, choisis les hommes qui t'accompagneront à ce tournoi, et n'oublie pas : choisis-les bien, il y va de ta vie !

Raoul sursauta. Il se sentait oppressé, pris au piège de cet homme démoniaque. À la vue des hommes qui s'approchaient, il comprit qu'il était trop tard, pour lui, de quitter le palais.

-       Accompagnez mon ami Raoul dans ses nouveaux appartements, dit Garin aux trois hommes. Donnez-lui tout ce qu'il demandera à l'exception, bien sûr, de la liberté ! ha ha ha ! Et n'hésitez pas à le rosser s'il vous ne le trouvez pas assez docile. Allez !

Les trois gardes quittèrent la salle, emmenant Raoul glacé d'effroi.

Depuis sa cachette, Odilon avait assisté à toute la scène. Immobile, transi jusqu'à la moelle des os par l'eau glacée des douves qui gelait sur son corps, il sentait maintenant l'étau se resserrer irrémédiablement sur lui sans savoir comment réagir.

Jusqu'à présent, il comptait suivre l'idée de Maître Hann qui consistait à séparer Raoul de Garin, mais après ce qu'il venait de voir, cela n'était plus d'actualité. Même s'il avait bien compris que Raoul s'éloignait de lui-même de Garin, Raoul n'avait plus son autonomie et était contraint de suivre les ordres de Garin sans pouvoir réagir : Raoul était maintenant dans la même situation que la famille d'Odilon et ne pouvait leur être d'aucune utilité.

La question qui vint à l'esprit d'Odilon c'était de savoir qui allait remplacer Garin.

Mais, pour l'instant, Odilon devait se ressaisir et accomplir la tâche qu'il était venu faire dans le château. S'il avait la réponse à une partie de ses interrogations, il lui restait encore une chose à faire : de cela, il n'avait parlé à personne, ni à sa sœur, ni à Geoffroy.

Il réprima un éternuement, sorti de sa cachette, bien inutile puisqu'il était invisible, et décida d'emboiter le pas des quatre hommes qui avaient maintenant atteint l'escalier qui menait jusqu'au 1er étage où se trouvaient les appartements de sa mère.

Mais, à la surprise d'Odilon, le petit groupe n'emprunta pas l'escalier, mais le contourna pour atteindre un autre escalier situé un peu plus loin qui descendait vers les fondations du château.

Ces fondations abritaient, au niveau inférieur, une prison voûtée qui avait peu servi du temps de Hugues, mais qui fut bien utile à son père, Adémar, lors des invasions dont fut victime le Comté.

Sous cette prison voûtée se trouvait encore une autre geôle : le cul de basse fosse qui n'était accessible que par un étroit souterrain humide et froid.

Peu de prisonniers avaient été emmenés dans ce lieu lugubre. Par endroits, les siècles étant passés, le souterrain avait connu des éboulements successifs qui rendaient difficile de s'y aventurer.

Cependant, les geôles étaient intactes et contenaient tous les instruments nécessaires pour accueillir comme il se doit un prisonnier qui y serait conduit : de lourdes chaînes pendaient encore aux murs et étaient destinées à restreindre les gestes de celui sur lesquelles bras et jambes y étaient attachés. Dans une de ces geôles était placée une grande table en bois ainsi que de nombreux et mystérieux instruments dont l'utilisation était réservée au bourreau et servait de salle de torture. À cet endroit, en effet, les cris des pauvres prisonniers étaient couverts par l'épaisseur des murs.

Ni Hugues ni son père n'avaient jamais eu besoin d'avoir recours à cette salle : point n'est utile de pareils instruments lorsque l'on règne avec justice et circonspection. Ils s'en servaient plutôt pour soigner, en temps de guerre pour recevoir et soigner les blessés ou les soldats.

C'est dans ce cul de base fosse que Garin faisait emmener en ce moment, en rang serré, Raoul pétrifié et terrifié.

Chapitre XXXX

Un visiteur inattendu

Sans se laisser détourner de ses intentions, Odilon monta, avec prudence, le grand escalier qui menait au premier étage où se trouvait la chambre de sa mère.

Il fut surpris tout d'abord de ne trouver aucun soldat en faction devant les portes respectives des membres de sa famille alors que Bertille l'avait mis en garde contre la surveillance serrée opérée par Garin à leur encontre. Odilon pensa que cet état de fait n'était que ponctuel et la conséquence certaine de la fête qu'organisait Garin et à laquelle il avait probablement convié les gardiens. Pour sa part, Odilon apprécia grandement ce changement qui facilitait son entreprise.

Arrivé devant la porte de sa mère, il marqua un temps d'arrêt. La clé de la porte était encore dans la serrure et il lui suffisait de la tourner pour entrer. Cependant, il fut pris de scrupules et se demanda comment réagirait sa mère s'il entrait ainsi qu'il avait traversé le château jusque-là, c'est à dire invisible ! Il ne pouvait risquer de lui faire peur, les cris qu'elle pourrait pousser ne manquant pas d'attirer l'attention des quelques soldats qui se promenaient à l'extérieur du bâtiment.

Il trouva donc préférable et plus prudent de laisser opérer la magie en redevenant visible avant d'entrer dans la chambre, bien qu'en agissant ainsi il gâchait l'une des trois utilisations de son anneau magique puisqu'il serait obligé de se resservir une seconde fois de l'enchantement pour ressortir de l'enceinte du château.

Après avoir mûrement réfléchi, Odilon prononça, une nouvelle fois, mais cette fois à l'envers, la formule magique espérant au fond de lui que la magie opèrerait à rebours comme elle l'avait fait précédemment.

— Lisbisivini sunna lumcuriau ! murmura-t-il.

Comme la première fois, Odilon ne ressentit rien ou presque, juste une sorte de fourmillement dans ses membres qui passa très rapidement.

Ensuite, avec une émotion non feinte, il tourna, lentement, la clé dans la serrure.

Un son mélodieux émanait de la pièce, un de ces sons qui vous enveloppe d'une douce quiétude et provoque, dans l'ensemble de votre corps, un bien-être total. Cette sensation d'apaisement, Odilon la connaissait pour l'avoir souvent ressentie dans son enfance.

Il entrebâilla la porte. Il aperçut alors sa mère, assise face à la meurtrière, les yeux dirigés vers le ciel. Elle chantait une romance en s'accompagnant de son luth.

– ♫… Que mon enfant me soit rendu,
Oh ! Mon bon Prince, aidez-moi.
Qu'il ne se soit pas pendu,
Pour le sauver, prenez ma vie !… ♫

Odilon bercé par la voix maternelle entra dans la pièce sans que sa mère ne s'aperçoive de sa présence. La porte, en se refermant derrière lui, émit un petit grincement qui fit sursauter Hermeline.

Elle s'arrêta de fredonner sa chanson et se retourna brusquement, comme prise en faute, saisie par l'apparition de ce visiteur inattendu.

— Odilon ?! s'écria-t-elle. Odilon !

Elle laissa tomber son luth et se précipita vers son fils qu'elle enlaça tendrement en le couvrant de baisers.

-       Mon chéri, sanglota-t-elle, comme je suis heureuse ! Comme tu es beau ! Comment vas-tu ?
-       Très bien Maman. Et toi ?
-       Mais tu es tout mouillé ? fit Hermeline soudain affolée de voir son fils dans un costume trempé : tu vas attraper la mort !...Elle s'interrompit soudain prenant conscience des mots qu'elle venait de prononcer. Oh mon Dieu ! Voilà que je deviens folle ! Ce ne peut pas être toi ! Comment cela se pourrait-il ? Mon fils est perdu quelque part je ne sais où...

Hermeline se mit à sangloter en prenant sa tête dans ses mains.

-       Maman... chuchota Odilon tout doucement en prenant sa mère par les épaules.

Mais Hermeline continuait dans son délire sans faire attention à ce qu'Odilon disait.

- Non... Non... Ce ne peut pas être toi ! Jamais tu n'aurais pu franchir le mur d'enceinte sans être pris... Comment est-ce possible ? C'est vraiment toi ? ajouta Hermeline en tâtant la tête de son fils comme une aveugle pour vérifier que ses traits étaient bien à lui. Mais, si tu es là, c'est que tu as été fait prisonnier toi aussi... Oh, mon Dieu ! Nous sommes perdus !
- Maman, Maman... murmura Odilon en secouant doucement sa mère. C'est bien moi, Odilon, ton fils et je ne suis pas prisonnier. Viens t'asseoir sur le lit, je vais tout te raconter.
- Mais comment... comment as-tu fait pour arriver jusque-là, mon chéri, sans... ?

Odilon sourit. Il entreprit de résumer brièvement les péripéties qui lui étaient arrivées depuis sa fuite de l'abbaye, mais il tua sa visite à la sorcière.

Hermeline regardait son fils avec admiration. Elle s'imprégnait de ses paroles et du doux son de sa voix.

- Comme je suis fière de toi mon ange ! Tu es un homme maintenant !
- Maman, je suis venu pour te rassurer sur ma santé et celle de ma sœur Bertille.
- Ta sœur est avec toi ! Mais... Comment... Elle y est arrivée ! Vous êtes épatants tous les deux, mes chéris !
- Nous avons de qui tenir Maman, dit gentiment Odilon.

Hermeline esquissa un sourire. Elle écouta calmement le récit que son fils lui fit de l'évasion de Bertille et de son arrivée sans encombre dans la forêt.

- Comment va ta sœur ? Est-elle en bonne santé ? Vous nourrissez-vous bien tous les deux ?

-       Nous allons très bien tous les deux, Maman. Et la forêt regorge de nourriture. Crois-moi nous ne manquons de rien.
-       C'est bien alors mon chéri. Me voilà un peu rassurée.
-       Maman, je suis venu pour te demander un service.
-       À moi ? fit Hermeline surprise.
-       Oui, à toi.
-       Mais tu sais, je n'ai plus de pouvoir au château dit-elle avec regret.

Odilon sortit de sa bourse la petite boite que lui avait donnée la sorcière et qui contenait la poudre de mandragore.

-       Écoute-moi bien. Dans huit jours, dans le Comté, Garin organise un tournoi. En as-tu entendu parler ?
-       Non.
-       Peu importe. Il faut que tu t'arranges pour verser la poudre contenue dans cette petite boite dans le vin qui sera servi aux soldats lors de la fête qui aura lieu avant et après le tournoi.
-       Que contient cette boite ? demanda Hermeline de plus en plus intriguée.
-       Une poudre destinée à endormir ceux qui boiront le vin ce jour-là.
-       Mais mon chéri, comment veux-tu que je m'y prenne pour faire ce que tu me demandes. Je suis prisonnière dans cette chambre et Aliénor et sa fille sont retenues dans leurs chambres respectives.

Odilon réfléchit un instant.

-       Je sais Maman. Et c'est bien contrariant. Mais il va falloir que tu t'arranges pour remettre cette boite à Nicollette ou à Laudine. J'ai vu qu'elles servaient toutes les deux ce soir à la

fête de Garin. On peut espérer que Garin aura à nouveau recours à elles au moment du tournoi. Penses-tu que ce sera possible ?
-		Je le pense !

Le visage d'Hermeline s'illumina.

-		Nicolette m'apporte ma nourriture chaque jour, mais elle est toujours flanquée d'un gardien qui ne la lâche pas d'une semelle ! Malgré tout, je tâcherai de me débrouiller pour lui glisser ce pot.

Elle fit un clin d'œil à son fils.

-		Après tout, n'ai-je pas réussi à transmettre un message au Père Abbé pour le prévenir de ce qui se tramait dans le château ? Et ne l'a-t-il pas reçu ?
-		C'est pourtant vrai ! admit Odilon.
-		Bien. Donne-moi ce pot mon ange dit Hermeline en tendant le bras. Bertille t'en a peut-être parlé, mais je lui ai promis de mettre au point un plan pour contrer Garin. Et cette petite boite arrive à point nommé pour m'y aider. Grâce à elle, j'ai maintenant en main de quoi nous sauver. Et je compte bien mettre à profit la chance qui s'offre à nous.

Odilon fut surpris du changement subi d'attitude de sa mère. Il lui trouva une force d'âme qu'il envia. Sa détermination et ses ressources cachées pour mener son combat alors que sa liberté était entravée le comblèrent d'aise. Le doute dans l'esprit de sa mère ne semblait plus exister ce qui était loin d'être le cas pour lui. Cela accentua la volonté d'Odilon de tout entreprendre pour la sortir de là.

\-   Remets-lui cette boite le plus tôt possible Maman. On ne sait jamais.

\-   Oh oui, tu as raison mon chéri. J'ai peur, tu sais. Ce matin, Garin a demandé à voir Bertille. Il voulait qu'elle assiste à la fête de ce soir. J'ai prétexté qu'elle était souffrante et il n'a pas insisté. Mais je doute qu'il en soit de même une autre fois. Et alors, je crains de ne pas pouvoir lui mentir éternellement. Qu'adviendra-t-il s'il s'apercevait de l'évasion de ta sœur ?

\-   Je ne sais pas, mais je suis aussi inquiet que toi. C'est pour cela que je te demande de ne pas attendre pour donner ce pot à Nicolette.

Il fit une pause.

\-   Et puis il ne s'agit pas de tenir éternellement, mais juste huit jours !

\-   Huit jours ! C'est si peu en effet, mais dans le contexte actuel, cela me paraît une éternité. Mais au fait pourquoi huit jours ?

\-   Mais parce que comme je te l'ai dit, le tournoi a lieu dans huit jours.

\-   Odilon... ne me dit pas que tu comptes participer à ce tournoi ?

\-   Il faut que je parte maintenant Maman.

\-   Odilon ! Je t'en supplie, réponds-moi !

Odilon regarda sa mère avec une grande affection.

\-   Pour toi, pour nous, je n'ai pas le choix, crois-moi Maman

\-   Oh mon Dieu ! Et ton père qui ne rentre pas de la guerre !

\-   Je dois partir, insista Odilon

Hermeline s'agrippa à son fils.

- Oh non ! mon chéri, reste encore un peu !
- Je ne peux pas je me suis attardé trop longtemps, la fête va bientôt se terminer. Il faut que je puisse quitter le château sans être vu.
- Oui bien sûr. Soit prudent mon enfant, ton père serait fier de toi.

Ils s'embrassèrent tendrement.

- Et n'oublie pas ce que je t'ai demandé
- Ce sera fait, tu peux compter sur moi, même si je dois le faire moi-même.

La visite de son fils semblait avoir redonné ses forces à Hermeline qui le regarda refermer tout doucement la porte de la chambre derrière lui.

Une fois sur le palier, Odilon entendit des voix dans l'escalier.

- Ce sont sûrement les gardes qui viennent reprendre leurs services après s'être enivrés à la fête, se dit-il

Il regarda autour de lui, mais ne trouva aucun endroit où il pourrait se dissimuler.

- Auriculum annus invisibilis ! Pourvu que ça marche parce que cette fois je n'ai aucun endroit où me cacher.

À peine avait-il terminé de prononcer ces dernières paroles que la tête d'un soldat apparut en haut de l'escalier.

- Ouf ! Il était temps ! pensa Odilon.

Odilon par habitude rasa le mur, tâchant d'éviter, tant bien que mal, de frôler les soldats dont le trop-plein de vin rendait la démarche difficile et zigzagante.

Une fois au pied de l'escalier, Odilon reprit son chemin en sens inverse : il regagna la courtine, replongea dans les douves aux eaux glacées et se retrouva près du gros rocher.

C'est là qu'il reprit son apparence visible avant de rejoindre ses amis et sa sœur qui l'attendaient avec inquiétude.

Bertille courut à sa rencontre.

-       Tu es en retard ! vociféra-t-elle. Tu avais dit deux heures ! Cela en fait beaucoup plus ! Nous nous faisions beaucoup de souci.
-       Maman t'embrasse, répondit simplement Odilon.
-       Quoi ? Tu as vu Maman ?
-       Toi mon garçon, tu m'épates ! lança Geoffroy en riant. Je dois avouer que tu es un drôle de phénomène. Et je m'y connais en phénomène ! s'exclama Geoffroy.
-       J'ai appris ce que nous voulions savoir. Je vous raconterai en chemin, termina Odilon en éternuant.

CHAPITRE XXXXI

Où l'on prépare un plan d'attaque

Sur le trajet qui les ramenaient au camp, Odilon résuma à Bertille et Geoffroy la scène à laquelle il avait assisté dans la grande salle du château entre Garin et Raoul. Il leur fit part également de sa crainte concernant la réaction de Garin lorsqu'il découvrirait la disparition de Bertille.

Geoffroy avait écouté le récit d'Odilon avec une grande attention. De retour au campement, les trois compères se regroupèrent sous la tente de Geoffroy.

- Hum... dit Geoffroy. Tout ce que tu viens de nous raconter mon garçon correspond à ce que je craignais. Mais il me semble que nous avons un temps d'avance sur Garin.
- A oui ? Et lequel ? interrogea Bertille.
- Il ne semble pas être au courant de ton évasion, mon enfant. Et de cela nous devons tirer parti.
- Et comment ? demanda Odilon.
- Dans ton récit, tu me confirmes qu'un tournoi aura bien lieu : cela corrobore donc ce qu'Enguerrand et Adalbéron avaient appris lors de leur visite en ville. Qu'as-tu appris sur ce tournoi exactement ?
- Oh ! Je n'en sais pas beaucoup plus, vous savez. Je ne sais que ce que je vous ai dit.
- Et bien peux-tu répéter ?

- Bien sûr ! Garin organise dans huit jours, un tournoi à l'occasion de la foire annuelle de la ville. Celui-ci aura lieu sur le terrain qui sépare le château de la forêt.
- Continue
- Ma mère et Adeline devraient assister au tournoi. Et d'après ce que j'ai cru comprendre, Garin ne compte pas se battre à la loyale !
- Hum... C'est ce que j'ai compris également en effet. Et mes craintes concernant ce tournoi sont confirmées.

Geoffroy resta pensif quelques minutes. Bertille et Odilon se regardèrent, mais ni l'un ni l'autre n'osèrent prononcer une parole. Geoffroy sourit enfin et reprit :

- Grâce à toi Odilon, on sait maintenant ce que Garin a en tête. Ce qui nous donne là encore une mesure d'avance sur lui !
- J'admire votre optimisme !
- Ce n'est pas de l'optimisme, mon garçon, c'est de la prudence.
- Je ne vous comprends pas, reconnu Odilon
- Fort des informations que nous possédons, nous allons surprendre Garin et contrecarrer ses plans !

Geoffroy avait lancé cette dernière phrase sur un ton empreint de satisfaction et avec une lueur brillante dans les yeux.

- Mais comment nous y prendre ?
- N'as-tu pas suivi un entraînement pour devenir chevalier ?
- Hein... ? Heu... oui... mais... je...

Geoffroy ne quittait pas Odilon des yeux. Bertille le regarda éberluée.

-       C'est exact, acquiesça Odilon songeur… mais… je n'en étais qu'à la moitié de ma formation… lorsque mon père m'a rappelé avant de partir à la guerre…

-       Peu importe, coupa Geoffroy. Tu sais manier les armes et tu es un habile cavalier. En outre, tu es rusé, courageux et tu n'as pas froid aux yeux. Tout cela devrait nous suffire pour mettre en place notre plan.

-       Quoi ? Interrompit Bertille rouge de colère. Vous ne comptez tout de même pas faire participer mon frère à ce tournoi ? ! Le faire se battre au milieu de ces sauvages ?

Geoffroy éclata d'un énorme éclat de rire guttural.

-       Mais si, admit-il.

-       Mais c'est impossible ! Il va se faire massacrer !

-       Peut-être en effet est-ce un jeu très risqué, reprit Geoffroy, mais nous n'avons pas le choix.

-       On a toujours le choix de ne pas se faire assassiner ! rétorqua Bertille fermement.

-       Berty… lança Odilon.

-       Quoi Berty ? Quoi ? Il n'en est pas question, un point c'est tout !

-       Et qui l'en empêchera ? demanda Geoffroy.

-       Mais moi ! Pardi ! Moi sa sœur et à ce que je vois la seule qui ait encore la tête sur les épaules !

-       Ce n'est pas à toi ma fille de décider pour ton frère, mais à lui.

-       Arrêtez de m'appeler ainsi, je ne suis pas votre fille !

-       Berty, coupa Odilon. Geoffroy a raison c'est à moi de décider ce que je dois faire.

-       Et bah, avec ça on n'est pas fauché ! Et toi bien sûr, le gentil garçon, tu vas accepter.

-       Mais que puis-je faire d'autre ?

- Je ne sais pas ! sanglota Bertille.
- Réfléchis Bertille, continua Geoffroy. Ta mère, votre famille, mes filles...

Geoffroy marqua un temps d'arrêt et ravala sa salive.

- ... sont retenues au château, prisonnières, servant de monnaie d'échange et d'otages pour la capture d'Odilon. Il est à craindre, en effet, que Garin ne tarde pas à se rendre compte de ta disparition et votre mère va alors courir un grave danger. Dieu sait quel sort, quelle torture, il va lui réserver. Malgré tous ses efforts, jusqu'à présent Odilon a toujours réussi à passer à travers les mailles de son filet qu'il était pourtant sûr d'avoir tissé bien serré. Et pour combler le tout, ta sœur a pris la fuite à son nez et à sa barbe ! Pour se venger, il se retournera contre la seule personne qu'il ait encore sous la main : ta mère. Il sait quand la touchant, il vous touchera un peu tous les deux et vous fera fléchir.
- Mais que peut-il lui faire ?
- Au pire : la supplicier en place publique dans les pires tortures. Il en est capable. Il l'a déjà fait pour d'autres.

Odilon repensa à ce que Robert lui avait raconté sur le sort que les Lupus lui avaient réservé. Il frémit à l'idée que sa mère pourrait connaître le même sort.

- Peut-être avez-vous raison ? Admit Bertille, mais alors que peut-on faire ? S'il faisait cela, je me livrerais sans hésiter.
- C'est ce qu'il attend.
- Alors, est-ce la solution de risquer la vie de mon frère pour sauver celle de notre mère ?

- Pour le moment, il n'est question de risquer la vie de personne, mais bien plutôt de sauver des vies. Je pense que si l'on est bien préparé tout devrait se passer pour le mieux.
- Mais vous reconnaissez vous-même qu'il y a des risques ?
- Assez Bertille, interrompit Odilon. Je comprends tes craintes et elles me vont droit au cœur, mais s'il y a une chance, même la plus minime soit-elle, de sauver notre famille, je dois la tenter, tu comprends, tout doit être tenté !
- Ce que je sais c'est que je ne veux pas te perdre. Je ne veux pas perdre en même temps ma mère et mon frère !
- Tu me fais bien peu confiance sœurette ! Tu ne perdras personne, je te le promets. Écoutons plutôt ce que propose Geoffroy, nous déciderons ensuite, d'accord ?

Odilon prit sa sœur dans ses bras.

- D'accord ! répondit Bertille en serrant son frère aussi fort qu'elle le put.
- Alors que proposez-vous ? demanda Odilon à Geoffroy.
- Si l'on considère la situation avec sérénité en prenant le recul nécessaire, il apparaît qu'actuellement Garin se sent infaillible, persuadé qu'il est de la réussite de son plan. Mais son pouvoir lui monte à la tête.
- Continuez.
- Qu'il organise un tournoi en espérant que tu tombes enfin entre les mailles de son filet doit-être l'occasion pour nous de réduire ses efforts à néant.
- Et comment ? demanda Odilon. Vous comptez vous servir de ce tournoi ?
- Ce tournoi est une chance ! C'est même peut-être notre dernière chance de sauver votre mère.
- Alors que proposez-vous ?

-       Il faut agir avant qu'il ne soit trop tard, et le meilleur moment pour cela c'est au moment du tournoi.

-       Je pense que vous avez raison Geoffroy, convient Odilon. Mais comment puis-je participer au tournoi, je ne possède pas l'équipement requis ?

-       Oui j'y ai pensé. Mais la foire qui va se tenir d'ici à sept jours pourrait nous permettre de nous procurer ce qui nous manque.

-       Mais avec quel argent ? Je ne possède rien sur moi !

Geoffroy ne répondit pas, Bertille intervient.

-       Vous ne craignez pas d'attirer l'attention en vous rendant en ville pour acheter, on ne sait comment, l'équipement nécessaire pour que mon frère participe au tournoi ?

-       Ah ah ah ! Ta sœur est impayable tu sais mon petit gars. Rassure-toi Bertille, il y a bien des moyens de se procurer ce dont on en besoin sans... se faire remarquer... et sans avoir besoin d'argent... Si tu vois ce que je veux dire...

-       Hum... Je suppose, mais cela ne me plait pas du tout. Voler de pauvres marchands qui n'ont déjà pas grand sous, ce n'est pas bien !

-       Oh Bertille, par pitié, épargne-nous tes leçons de morale ! fit Odilon agacé. Pas en ce moment, s'il te plait.

Bertille haussa les épaules.

-       Tout cela n'est pas important, reprit Geoffroy. Il reste une chose néanmoins et pas des moindres.

-       Laquelle ? demanda Odilon

-       Il faut que tu t'entraînes intensément pendant ces huit jours et que tu te prépares.

-       Que je... m'entraî...ne ?

-       Pardi ! Si tu veux participer au tournoi, il faut que tu aies le temps de t'entraîner auparavant. Ce qui m'ennuie le plus, c'est que tu ne pourras pas t'entraîner avec ton équipement. Raoul est un bon, un très bon cavalier et il a un avantage sur toi.

-       Un seul ? Ironisa Odilon ?

-       Il a plus l'habitude des batailles que toi termina Geoffroy sans répondre à l'ironie d'Odilon. Je me souviens qu'il s'est parfois mesuré dans des tournois avec ton père et que leur force était égale.

-       Oui, je me le rappelle en effet dit Odilon

-       Cependant…

-       Oui ?

-       Tu as un atout, et un atout de taille, si j'ose dire.

-       Ah oui ? Lequel ?

-       Tu es plus jeune et plus vif que lui.

Odilon savait que cela était un avantage, mais que cela ne serait pas non plus suffisant pour réussir à battre un adversaire tel que Raoul. D'autant plus que Garin avait tout prévu. Il exprima ses craintes à Geoffroy.

-       Ne t'en fais pas petit. Quand on veut, on peut !

-       Si vous le dites. Mais il y a un autre problème.

-       Lequel ? demanda Geoffroy.

-       Comme vous le savez, un tournoi c'est comme un jeu d'échecs : Raoul ne sera pas seul sur le terrain, mais entouré d'autres soldats à pied ou à cheval qui viendront combattre à ses côtés et seront là pour le couvrir. Et il m'est dans l'idée que Garin aura trié ces hommes sur le volet.

-       C'est probable, en effet.

-       Donc si je comprends bien, il s'agit pour moi de me rendre tête baissée dans un piège qui ne pourra que se refermer sur moi. Vous n'auriez pas une autre solution ?

-      Tu en vois une ?

Odilon réfléchit un moment.

-      En fait non ! Hélas !
-      De quoi as-tu peur, petit ?
-      Je vous l'ai dit, la bataille sera truquée.
-      Et alors ?
-      Il me paraît évident que Garin aura placé des hommes à lui tout autour du champ de bataille.
-      C'est à craindre.
-      Alors, je ne pourrai même pas m'échapper et me replier en cas d'attaque : je serai encerclé de tous les côtés !
-      C'est ce qu'il faut que Garin croit.
-      Alors, autant me rendre tout de suite, c'est beaucoup moins dangereux
-      Je suis d'accord, acquiesça Bertille
-      Je te dis que c'est ce qu'il faut que Garin croit, pas que ce sera la réalité.
-      Vous avez une idée ? s'exclama Odilon le visage illuminé
-      J'y ai pensé en effet.
-      Et quelle tactique comptez-vous mettre sur pied pour contrecarrer celle de Garin ?
-      Mon petit, un tournoi c'est comme une bataille : si l'on y est bien préparé, on s'en sort avec un moindre mal.
-      Un moindre mal interrompit Bertille. Que voulez-vous dire par là ?
-      Que si l'on est bien préparé, je suis certain que l'on peut gagner.

Bertille et Odilon échangèrent un regard interrogateur.

-     Regardez, dit Geoffroy en dessinant un cercle sur le sol. Ce cercle désigne, à peu de chose près, à quoi ressemblera le champ de bataille du tournoi : celui-ci se trouvera dans le pré entre le château et la forêt, que j'indique sur mon plan sous la forme de deux points diamétralement opposés, comme ceci.

Geoffroy dessina deux marques sur le cercle.

-     C'est exact dit Odilon, c'est en tout cas ce que j'ai compris.
-     Bien. On peut supposer en effet que Garin postera des hommes à lui tout autour de ce cercle puisqu'il a mis en garde Raoul sur les risques qu'il encourrait s'il désobéissait à ses ordres.

Geoffroy indiqua par des croix l'emplacement présumé des hommes de Garin.

-     C'est toujours exact.
-     Parfait. Imaginons maintenant que nous tracions un deuxième cercle, de diamètre légèrement supérieur au précédent, comme cela.

Geoffroy joignit le geste à la parole.

-     Et supposons, continua-t-il, que sur ce second cercle nous postions des hommes à nous qui encercleront de cette façon les propres hommes de Garin.
-     C'est vrai ! s'exclama Bertille. Comme cela, nous sommes en position de force !

Le visage d'Odilon s'éclaira puis se rembrunit brutalement.

- Vous oubliez les hommes à pied !
- Non. Ceux qui t'accompagneront seront choisis parmi mes meilleurs hommes. Et ils s'entraîneront en même temps que toi.
- Et ceux qui couvriront Raoul ?
- J'ai dans l'idée que Garin choisira certains d'entre eux parmi les villageois en les menaçant ou en leur faisant subir des pressions.
- Lesquelles ?
- Je ne sais pas : enlèvement de leurs proches, tortures… Il n'est pas à court d'idées, tu sais.
- On peut supposer, en effet, qu'il ne se départira pas de ses hommes qui lui sont trop utiles pour le moment.
- C'est là que nous intervenons, Garin est rusé, soyons encore plus rusés que lui.
- Comment cela ?
- Imaginons que ces villageois marchent avec nous…
- Mais vous oubliez une chose essentielle…
- Laquelle ?
- … Que tous ces hommes risqueront leur vie dans ce combat.
- C'est exact puisqu'ils seront tenus en joue par les hommes de Garin postés tout autour du premier cercle, dit Geoffroy en marquant avec son doigt le premier cercle.
- Ils n'ont donc rien à perdre, mais tout a gagné de me voir à terre et prisonnier.
- À moins que…
- À moins que quoi ? demanda Bertille agacée par tous ces mystères.
- À moins qu'ils ne soient au courant de notre plan
- Mais c'est très risqué ! Si l'un d'entre eux parlait ? s'inquiéta Odilon.

-       Ne t'inquiète donc pas de cela. Ils ne seront prévenus que le jour du tournoi et par Enguerrand en qui j'ai une confiance absolue. Il m'a sauvé la vie un jour et je lui suis redevable. Et puis n'oublie pas que Raoul n'est pas très chaud pour participer à ce tournoi dont il ne comprend pas la nécessité et Garin est conscient de ses réticences puisqu'il le retient prisonnier au château.

-       C'est pourtant vrai !

-       Tout cela ouvre une brèche dans le plan de Garin.

-       Tant de mal fait parfois le jeu du bien murmura Odilon entre ses lèvres.

-       Pardon ?

-       Non rien.

Odilon repensa à Maître Hann. Comme il aurait aimé lui parler en ce moment, lui qui lui avait toujours donné de si précieux conseils et qui l'encourageait. Il aurait certainement une idée sur la question. Il se rappela soudainement ce que lui avait dit un jour le vieux sage et ses mots résonnaient encore dans sa tête : « Il faudrait réussir à séparer Garin et Raoul, car Garin n'est rien sans Raoul et Raoul ne peut rien faire sans Garin ».

-       Ce serait peut-être la solution, songea Odilon : profiter des divergences de vues entre Garin et Raoul afin de faire fléchir Garin, affaibli par la réticence de son second. En tout cas, c'est certainement quelque chose qu'il fallait tenter, Geoffroy a raison.

Mais au fond de lui, Odilon savait très bien ce qui le retenait de mener à bien cette affaire. Il avait peur : peur du résultat, peur de l'échéance, peur de ne pas être à la hauteur des attentes de Geoffroy, peur de ne pas avoir assez d'expérience pour mener à bien une si difficile mission, peur... peur tout simplement de ne pas revenir de cette bataille !

Il pensa à son père parti à la guerre et dont il était toujours sans nouvelle. Lui n'avait pas eu peur lorsque le roi l'avait appelé. Il n'avait pas hésité à accomplir son devoir. Alors lui, Odilon, son fils, devait être digne de son père et ne pas fléchir ni faillir, juste au moment où, peut-être, il pourrait remporter une victoire, la victoire.

Geoffroy l'interrompit dans ses réflexions.

-       Nous avons peu de temps. Il faut que tu commences à t'entraîner dès demain matin. Je propose comme camp d'entraînement, le terrain qui longe votre cabane près du lac. Il est assez vaste et peu à découvert.

Bertille regarda son frère sans rien dire. Elle lui lança un regard de reproche si fort qu'Odilon baissa les yeux.

-       Parfait, puisque nous sommes d'accord, tope là, mon garçon ! Repartez chez vous maintenant, et rendez-vous demain matin à l'aube devant le lac.
-       D'accord.

Bertille qui s'était retenue jusque-là ne put s'empêcher d'intervenir.

-       Bien entendu, personne ne me demande mon avis à moi ?
-       Mais non, sœurette, pour quoi faire, puisqu'il n'y a pas d'autres solutions.
-       En tout cas s'il t'arrive quelque chose, je t'aurai prévenu, Ody.

Puis elle ajouta sur un ton de colère :

-       Je ne te le pardonnerais jamais !

Les trois compères partirent d'un éclat de rire, même si les rires étaient un peu forcés.

Odilon et Bertille enfourchèrent leur cheval et reprirent la direction de leur cabane.

-       Aller en route Bertille, dit Odilon en aidant sa sœur à se hisser sur sa monture. On a encore un long chemin à parcourir avant d'arriver à nos fins.

CHAPITRE XXXXII

CARPE DIEM

De retour à leur cabane, Odilon et Bertille étaient pensifs. Ce qui se préparait les inquiétait au plus haut point, mais aucun ne voulait parler à l'autre de ses craintes pour ne pas l'effrayer.

Avant de grimper dans la cabane, Odilon exprima le souhait d'aller marcher quelques minutes près du lac pour se détendre avant de s'endormir. Bertille lui offrit de l'accompagner, mais Odilon refusa prétextant préférer la solitude. En fait, au fond de lui, Odilon souhaitait ardemment y voir clair dans les évènements de la journée dont il avait été le témoin. Et il espérait peut-être plus encore que Maître Hann viendrait le conseiller dans ces minutes difficiles.

Arrivé aux abords du lac où devait se passer le lendemain le début de son entraînement, Odilon s'assit pensivement, se détendant en lançant des pierres dans l'eau du lac. Celles-ci rebondissaient au fil de l'eau formant des ronds de plus en plus lointains.

Au fond, il se sentait un peu découragé devant les obstacles qui se dressaient sur son chemin ; son plan ne se passait pas comme il l'avait prévu et il craignait que son inexpérience des tournois ne le desserve sérieusement lors de celui qui aurait lieu dans huit jours et qui serait décisif pour l'avenir de la famille.

Malgré les encouragements de Geoffroy, Odilon restait lucide quant à ses capacités à combattre un adversaire de la taille de Raoul et il minimisait ses chances de ressortir vainqueur d'une telle entreprise, allant même jusqu'à trouver illusoire de vouloir la mener à bien.

C'est alors qu'il entendit des feuillages craquer derrière lui et qu'il ressentit une présence à ses côtés. Tournant la tête, il aperçut Maître Hann qui l'imitait en faisant des ronds dans l'eau.

- C'est vrai que c'est très amusant ce jeu-là ! dit celui-ci avec son air énigmatique.
- Oh ! Maître Hann, fit Odilon en lui sautant au cou. Comme je suis content que vous soyez là.
- Je le sais mon enfant, fit celui-ci un peu surpris par la tendresse du jeune garçon. C'est pourquoi je suis venu.
- Je ne sais plus ce que je dois faire Maître Hann. Les choses ne semblent pas vouloir se dérouler comme je l'avais imaginé. Je suis un peu perdu, je l'avoue.
- Alors tu rumines et tu perds ta confiance en toi dès qu'un grain de sable enraye la belle mécanique de tes certitudes ?
- Vous parlez d'une mécanique ! Je dois affronter Raoul dans un tournoi dans huit jours. Je n'ai pas d'armures et je ne me sens pas assez préparé pour y arriver à m'en sortir vivant !
- Pourtant, le plan de Geoffroy me semble très acceptable.
- Acceptable !? Mais il s'agit d'une véritable bataille et je ne veux pas que des hommes innocents meurent pour me sauver la vie à moi et à ma famille.
- Rien ne te dit qu'ils mourront.
- C'est plus que probable ! Comment voulez-vous que nous sortions vivants d'un traquenard aussi bien préparé ?

-       Mais Geoffroy te l'a expliqué tout à l'heure. Ne lui fais-tu pas confiance ?

-       Hum... En fait je suppose que oui ! Il a autant à perdre que moi avec ses filles qui sont au château ! Ce doit être terrible pour cet homme si gentil. Comment peut-on être aussi méchant que Garin ? Pourquoi Garin m'en veut-il autant ? Que lui ai-je fait ?

-       Rien personnellement, je pense. C'est en lui.

-       En lui ?

-       Oui.

-       Mais je suis certain qu'il ne voudrait pas endurer le quart de ce qu'il me fait supporter.

-       Probablement.

-       Alors pourquoi agit-il ainsi ? Ne dit-on pas que l'on doit agir avec son prochain comme on aimerait qu'il agisse envers nous ?

-       Si, c'est vrai.

Maître Hann poussa un profond soupir.

-       Mais lorsque tu penses ou que tu agis, tu es libre de choisir entre de bonnes et de mauvaises idées, de bons et de mauvais sentiments.

-

-       Mais comment les gens peuvent-ils avoir en eux l'envie de faire le mal comme cela, sans raison ? Chacun ne pourrait-il pas vivre pour faire le bien ?

-       Certaines personnes convoitent le bien d'autrui, car elles ne sont jamais satisfaites de ce qu'elles ont. Elles pensent que c'est en accumulant des biens matériels qu'elles atteindront le bonheur. Elles sont tourmentées, souffrent lorsque ces biens matériels leur font défaut, et elles font ainsi leur propre malheur.

-       Comment cela ?

- Si les hommes sont malheureux, c'est qu'ils sont torturés par des désirs immenses et creux, a dit un sage.
- Et la solution serait ?
- Apprends à te réjouir de tout. À profiter du moment présent : Carpe diem !
- Cueille le jour ?

Maître Hann sourit de fierté.

- Ou Carpe Horem !
- Cueille l'heure qui passe, renchérit Odilon.

Maître Hann se contenta de faire un signe de tête.

- Mais il ne suffit pas de traduire ces expressions, il faut surtout les mettre en pratique.
- Mais comment ? interrogea Odilon.
- Regarde autour de toi. La nature n'est-elle pas belle ?
- C'est vrai que la nature est belle, reprit Odilon. Regardez ce lac, comme ces eaux sont reposantes et calmes, comme ces reflets moirés varient selon l'endroit d'où on le regarde, comme les oiseaux qui se posent sur l'eau sont majestueux dans leurs vols et beaux dans leurs robes blanches ou colorées. C'est vrai que la vie est belle ! Cette paix qui y règne pourrait presque faire oublier le tumulte qui nous entoure.
- Alors, sois heureux ! Réjouis-toi d'un rien. Profite du temps présent. Le passé est passé, il ne peut te satisfaire et l'avenir ne comporte aucune certitude.
- C'a c'est vrai ! je ne sais même pas si je serai encore vivant dans huit jours !
- Ne demande pas que ce qui t'arrive, arrive comme tu le souhaiterais, mais acceptes ce qui t'arrive tel que cela t'arrive et tu seras heureux.

-       Que voulez-vous dire ?

-       Les hommes ont tendance à imaginer ce qui aurait pu se passer ou ce qui pourrait leur arriver. Ils regrettent ce qui n'est pas arrivé. De cette façon, ils se fabriquent un autre ordre que l'ordre réel des choses. Et en se référant à cet ordre imaginaire, ils portent des jugements de valeur sur tout ce qui leur arrive, selon que ces évènements soient ou non conformes à leurs désirs.

-       Ce qui voudrait dire que les hommes sont toujours insatisfaits et oublient de goûter au simple plaisir d'exister ? coupa Odilon.

-       Ils sont malheureux, en effet, lorsque leurs désirs sont contraires à l'ordre naturel et nécessaire des choses.

-       C'est vrai ce que vous dîtes ! s'exclama Odilon avec emphase.

-       Merci sourit Maître Hann.

-       Alors que dois-je faire ? demanda Odilon. Vous croyez que je peux me réjouir de ce que je vis en ce moment ? Comment le pourrais-je ?

-       Distingue les choses qui dépendent de toi de celles qui ne dépendent pas de toi.

-       C'est-à-dire ?

-       Il ne s'agit pas de tout accepter comme l'humiliation, l'injustice ou la violence dont tu es victime, mais de savoir faire la part des choses et ne pas te sentir affecté par ce qui ne dépend pas de toi, puisque tu n'y peux rien.

-       C'est ça la recette du bonheur ?

-       Une des recettes.

-       Mais alors, comment faire ?

-       Il faut que tu apprennes à te contenter de peu. La vie t'a souri en te faisant naître noble et riche par la naissance. Elle t'apprend actuellement à te satisfaire de l'essentiel : la misère est la mère de toutes les richesses ! Et les épreuves sont le sel de la vie !

- Je devrais alors me réjouir et être drôlement heureux en ce moment ! ironisa Odilon.

Maître Hann renchérit :

- Les évènements que tu vis actuellement dépendent-ils de toi ?
- Non !
- Alors, accepte-les comme une épreuve et prépare-toi à agir le moment venu.
- Ah oui ! s'insurgea Odilon en trouvant des solutions à des mystères insurmontables ?!
- Garde la maîtrise de toi en toute occasion, suggéra Maître Hann d'un ton paternaliste. Tu dois être capable de maîtriser ta « Cité intérieure ».
- Ah bon !
- Tu dois rester maître de tes désirs et de tes jugements, mais si ton esprit est troublé, tu ne pourras pas réfléchir sereinement aux bonnes décisions à prendre et, le moment venu, lorsque tu devras agir, tu ne seras pas bien préparé.
- Je dois avouer, c'est vrai, que j'ai parfois du mal à garder mon calme en ce moment.
- Et bien, cesse de te mettre en colère contre les caprices du destin ou les aménagements que doit subir ton plan puisque tu n'y peux rien, que tu n'en es pas la cause ! Cela ne te conduira peut-être pas au bonheur, mais cela t'évitera bien des désagréments.
- Vous en avez de belles, c'est facile à dire, mais pas facile à faire !
- Ne force pas les évènements. Considère sereinement la situation. Profite de cette attente pour te préparer moralement

et physiquement aux évènements qui ne manqueront pas de se produire dans le jour prochain, tout en gardant ton calme et en vivant normalement.

- Vous rappelez-vous qu'il me faut que je me prépare à un tournoi où je risque ma vie ?

- Oui, crois-moi je ne l'oublie pas, assura Maître Hann.

- Pour l'instant, l'essentiel pour moi est d'éviter de me faire tuer ! Et croyez-moi, c'est une préoccupation qui occupe toutes mes pensées !

Maître Hann ne fit pas attention aux dernières paroles d'Odilon et poursuivit.

- Au fond tu sais, le bonheur est composé de plaisirs simples : des plaisirs suffisants pour être heureux. Si tu sais modérer tes désirs, tu ne souffriras pas de ne pas avoir ce que tu n'as pas, mais que tu voudrais avoir.

- En d'autres termes ?

- Modère tes désirs afin de ne jamais manquer de rien ou de ne jamais avoir peur de manquer de quelque chose qui ne t'est, au fond, pas vraiment nécessaire.

- Ce n'est pas facile ! Y a-t-il une méthode ?

- Apprends à classer tes désirs.

- Comment cela ?

- Demande-toi si ce que tu désires t'est vraiment nécessaire.

- Et après ?

- Demande-toi si ton désir est un désir naturel.

- Comment reconnaître de quel type de désir il s'agit ?

- Il faut que tu apprennes à discerner les désirs naturels et nécessaires.

- Il existerait donc des désirs qui ne seraient pas naturels et encore moins nécessaires.

- Absolument.

- Comme ?

- Prends l'exemple de Garin et examine son désir de richesse et de pouvoir. Penses-tu qu'ils soient nécessaires à sa vie ?

- Bien sûr que non !

- Alors, détourne-t'en, car ces désirs t'apporteront plus de douleurs que de satisfaction.

- Vous pensez sincèrement que Garin raisonne ainsi ?

- Garin n'est pas un sage ! dit le vieil homme d'un ton péremptoire.

- Pourtant il est persuadé que la richesse qu'il souhaite amasser lui apportera le bonheur, puisque cela lui apportera le pouvoir.

- Et bien, il se trompe !

- Pourquoi ?

- Parce que c'est une illusion de penser que le bonheur réside dans la possession de choses sur lesquelles tu n'as aucun pouvoir.

- Que voulez-vous dire ?

- Que Garin ainsi, sera perpétuellement insatisfait, puisqu'il souhaitera posséder toujours plus que ce qu'il a. Et ainsi, peu à peu, il perdra sa liberté.

- Continuez.

- La richesse, les honneurs ou même le pouvoir ne dépendent pas de toi. C'est une grande illusion que de croire que cela t'apportera la liberté de l'âme. C'est bien plutôt l'inverse qui se produit.

- De quelle façon ?

- L'homme qui a le pouvoir désire quelque chose qui ne dépend pas de lui.

- Ah bon ?

- Réfléchis, ce sont toujours les autres qui te confèrent un certain pouvoir. Il en est de même pour le désir de richesses : pour devenir riche, tu ne peux que dépendre des autres parce qu'ils te font travailler et que ton travail te permet de mettre de l'argent de côté...

- Mais prenez mon cas, je n'ai pas besoin des autres, ma famille a assez d'argent pour vivre.

- C'est exact ? admit Maître Hann. Mais si tu ne fais que dépenser ton argent sans le faire fructifier, tu finiras par être ruiné !

- C'est vrai. C'est pour cela que mon père fait cultiver ses terres afin qu'elles lui rapportent un rendement.

- Ce qui signifie que tu fais du commerce avec d'autres personnes et que ces échanges t'enrichissent, comme les marchands qui viennent, sur les marchés ou dans les foires, vendre leurs productions.

- Je comprends.

- Tu peux aussi tromper les autres ou les flatter pour obtenir d'eux ce que tu convoites. Mais quoi que tu fasses, quels que soient les moyens que tu emploies, pour parvenir à tes fins, tu dépendras constamment des autres.

- C'est terrible ce que vous dîtes ! s'exclama Odilon.

- Mais non ! C'est la vie tout simplement. C'est la raison pour laquelle il ne faut pas désirer des choses qui ne dépendent pas de toi. Celles-ci ne cessant de t'échapper, tu fais ton propre malheur à tenter de les retenir. Ce faisant, tu n'es plus libre puisque tu dépends d'eux et que tu deviens leur esclave : tu sacrifies ainsi ta liberté.

- Mais peut-on faire autrement ?

- On peut toujours faire autrement ! L'homme véritablement libre est celui qui ne se soucie pas de la reconnaissance sociale, mais ne trouve sa richesse qu'en lui-même.

-       Mais je ne souhaite rien d'impossible! s'insurgea Odilon. Je demande simplement que Garin nous retourne un peu de l'affection que nous lui avons tant donnée.

-       Là encore? c'est la même chose! Tu ne peux pas forcer les gens à t'aimer! Cela ne dépend pas de toi. Ce sont les autres qui portent un jugement sur toi. C'est une illusion de penser que cela dépend de toi d'être admiré.

-       Alors existe-t-il des désirs qui me soient naturels?

-       Réfléchis.

-       Bah, je ne sais pas, si j'ai faim, c'est bien un désir dont je ne peux pas me passer?

-       Pourquoi? interrogea Maître Hann calmement.

-       Parce que si je ne mange pas, je meurs de faim, pardi!

-       En effet, ceci est un désir bien naturel et même nécessaire comme tu le fais remarquer toi-même : c'est bien agréable de manger à sa faim, ou de boire à sa soif. Mais prends bien garde de ne pas devenir esclave de ces plaisirs matériels.

-       Que voulez-vous dire?

-       Tu vas comprendre. Imagine que tu aies devant toi une table remplie de plats et de boissons bien appétissants.

-       Ça, je me l'imagine très bien, croyez-moi!

Maître Hann sourit.

-       Et bien, il faut t'apprendre à t'en méfier, car tu peux être tenté d'en manger trop. Ou bien tu risques de prendre l'habitude de ces mets délicats et d'en devenir esclave.

-       Je comprends! exulta Odilon. En fait, il faut faire preuve de modération et de pondération en toutes choses!

-       Absolument, acquiesça Maître Hann avec fierté. La sagesse ne consiste pas à renoncer aux plaisirs matériels, ce serait aller contre l'ordre de la nature que de refuser le plaisir que te procure le fait de boire ou de manger. Mais il faut savoir les apprécier pour ce qu'ils sont et surtout savoir comment ne pas dépendre d'eux afin de ne pas souffrir et de ne pas perdre ta liberté. Il s'agit comme tu l'as dit de faire preuve de modération en suivant simplement l'inclination naturelle qui doit te faire repousser les choses qui te nuisent.

- Mais comment savoir ce qui est nuisible pour moi ? demanda l'air perplexe Odilon.

- Il suffit de te demander si le plaisir que tu recherches est un plaisir éphémère.

- Et comment le reconnaît-on ?

- Ce type de plaisirs ne te contente jamais et tu dois sans cesse les renouveler. À la longue et à force d'habitude, ils finissent par te lasser. Tu trouves alors la vie bien monotone.

- C'est vrai que si je mange à tous les repas des mets fins et délicats au bout de quelque temps je me lasserai de cette nourriture et je chercherai autre chose à manger qui me fasse saliver !

- C'est tout à fait cela ! Au début, tu chercheras à améliorer la présentation de ces plats puis, peu à peu, tu t'en lasseras.

- Alors que faire pour ne pas se lasser ?

- Il s'agit de faire la différence entre le plaisir et la satisfaction des sens. Ce qui est important, ce n'est pas tant l'intensité du plaisir ou sa fréquence, mais la qualité de ce plaisir.

- Que voulez-vous dire ?

- Prends l'exemple des Romains lorsqu'ils abusent des plaisirs de la table allant parfois jusqu'à l'orgie. Crois-tu qu'ils cherchent l'intensité du plaisir ou bien sa qualité ?

- Il est évident qu'ils poussent leurs plaisirs à l'excès et que, dans ce cas, ils ne recherchent pas la qualité en goûtant leurs mets avec raffinement, mais la quantité de nourriture avalée.

\-   Absolument et si tu abuses de cette nourriture que crois-tu qu'il t'arrivera ?

\-   Ça pour sûr, je serai bien malade !

\-   Évidemment !

\-   Je me demande quel plaisir on éprouve à se rendre malade ? demanda Odilon.

\-   Il y a plusieurs raisons à cela, l'une d'elles peut-être une façon de s'évader de la réalité.

\-   Dans quel but ?

\-   Parce que tu es malheureux et que tu cherches à compenser ta douleur par un plaisir illusoire. Mais il faudrait alors s'interroger sur l'origine de la douleur...

\-   Ce que je retiens, c'est qu'il faut savoir se contenter de l'essentiel pour être heureux !

\-   Exactement ! Et tout ce qui t'est nécessaire est accessible facilement dans la nature. Alors que ce qui ne t'est pas nécessaire est difficile à atteindre.

\-   Euh... ce qui m'est nécessaire actuellement, ce serait une armure. Avez-vous une idée de l'endroit où je pourrais me la procurer ? dit Odilon avec une certaine insolence.

\-   N'oublie pas ce que t'a dit dame Maglich.

\-   Dame Maglich ? je n'ai rencontré personne de ce nom ?

\-   Mais si, la sorcière si tu préfères.

\-   C'est comme cela qu'elle s'appelle ?

\-   Oui, c'est comme cela qu'elle se nomme, soupira Maître Hann.

\-   Et de quoi dois-je me rappeler ?

\-   Ne t'a-t-elle parlé d'un arbre centenaire appelé « Fata Chéna » dans lequel vivrait une fée.

\-   Mais oui vous avez raison ! s'écria Odilon ragaillardi. Je ne risque rien d'essayer.

Il se tut puis après réflexion demanda :

- Mais comment vais-je faire pour attirer son attention ?
- Tu n'as pas bien écouté les conseils que Dame Maglich t'a prodigué mon enfant.
- Pouvez-vous me rafraîchir la mémoire s'il vous plait ?
- Il suffit pour faire apparaître la fée de te rendre devant son chêne et de prononcer son nom à haute voix ou bien de penser très fort à elle et alors elle t'apparaîtra.
- Ah oui, c'est exact en effet. Je m'en souviens.

Odilon réfléchit quelques instants puis reprit.

- Je veux bien prononcer son nom. Mais comment s'appelle-t-elle, la sorcière ne me l'a pas dit ?
- Elle s'appelle Aélis.
- Merci. J'irai la voir très tôt demain, avant que Geoffroy ne vienne me chercher pour l'entraînement. Après tout, je verrai bien si elle peut faire quelque chose pour moi.

Un bruit étrange provenant du lac se fit entendre et, quelques instants plus tard, Maître Hann et Odilon virent sortir de l'eau la tête de Fofu. Il portait un petit chapeau rouge surmonté d'un pompon blanc et une longue robe rouge retenue à la taille par une grosse ficelle blanche également terminée par deux pompons blancs. Tous ces habits dégoulinaient et une énorme flaque d'eau se répandait sur le sol autour de lui.

Fofu se secoua et se rapprocha de Maître Hann.

- Ouf ! Elle est bien froide cette eau ! Maître, je me suis encore trompé dans la formule, j'aurais dû tomber à côté du lac, mais... à priori, c'est raté !

Maître Hann leva les yeux au ciel. Fofu enchaîna.

- Euh ! Vous m'avez appelé Maître ? demanda-t-il en se retournant vers Odilon.
- Fofu ! s'exclama celui-ci. Non, je ne t'ai pas appelé, mais je suis bien content de te voir.
- Ah ? Et bien vous êtes bien le seul réparti Fofu en jetant un regard en coin oblique à Maître Hann. J'ai cru comprendre, continua-t-il, que vous aviez besoin d'un haubert et d'une épée, alors j'ai réuni cela pour vous.

Il montra alors quelques feuilles assemblées et une branche morte qu'il portait autour de la taille pour faire office d'épée.

- Cela fera peut-être l'affaire ?
- Fofu ordonna Maître Hann sur un ton de reproche. Tu ne peux donc pas t'empêcher de faire le pitre ?
- Hein ? sursauta ce dernier en se reculant vers Odilon.

Odilon se mit à rire de bon cœur

- Ah ah ah ! Je te remercie Fofu, intervint gentiment Odilon. Mais je ne crois pas que ce que tu me proposes fera l'affaire pour le tournoi qui me préoccupe. Mais c'est gentil tout de même d'avoir essayé.
- J'essayais de me rendre utile.
- Tu n'aides personne, tu le vois bien Fofu ! coupa sévèrement Maître Hann. Hors de ma vue, être inutile.

Fofu se renfrogna, son visage se plissa et se fripa de telle manière que cela avait quelque chose de comique. Il alla s'asseoir sur une grosse pierre qui se trouvait à proximité, mit sa tête dans ses deux mains, ses coudes reposants sur ses genoux, et se mit à bouder.

- Je vous trouve un peu sévère avec lui Maître Hann, tenta Odilon. Il est plein de bonne volonté et rempli de gentillesse.
- Pffft ! C'est mon élève le plus mauvais ! Il me fait honte !
- Moi aussi je pourrais vous faire honte parfois

Maître Hann regarda Odilon surpris, mais ne répondit pas.

- Je vais dormir un peu avant de partir à la recherche de la fée, Maître Hann. Le temps que je la trouve...
- Viendrai-je avec vous mon jeune Maître ? demanda Fofu qui sauta lestement de son rocher
- Non Fofu, je te remercie. Mais, il vaut mieux que j'y aille seul.
- Reste ici avec moi à attendre Odilon, suggéra Maître Hann.

Fofu se retourna vers Odilon en le regardant avec un regard suppliant qui lui demandait de l'emmener avec lui et de ne pas le laisser seul avec le vieux sage. Mais Odilon se rallia à l'avis du vieil homme.

- Je crois que Maître Hann a raison Fofu, il vaut bien mieux que vous m'attendiez tous les deux ici. Je ne serai pas long, je vous raconterai.
- Prends garde Odilon aux épreuves que la fée va te faire subir. N'oublie pas les conseils de dame Maglich.

Odilon fit un signe de tête et leva la main en guise de réponse. Puis d'un pas alerte, il s'enfonça dans la forêt.

Chapitre XXXXIII

Un étrange voyageur

Ce lendemain matin, juste après laudes, un voyageur vêtu d'une bure se présenta devant les lourdes portes de l'abbaye. Il demanda au Frère portier à parler au Père Abbé.

-       Remettez-lui ceci, dit l'homme en remettant au frère un fer à cheval. Et dites-lui que je veux lui parler. C'est urgent.

Le frère portier fit une moue dubitative, mais sans poser de questions se dirigea vers le logis de l'Abbé. Peu après, l'Abbé apparut au fond de la cour. De ses deux mains, il relevait sa robe jusqu'à mi-mollet pour marcher plus vite.

-       Robert ! s'écria-t-il une fois arrivé auprès de l'homme. Comme je suis content de vous voir ! Comment va Odilon ?
-       Ma foi... Je n'en sais rien mon Père, répondit Robert mal à l'aise.
-       Comment cela vous n'en savez rien ? demanda l'Abbé étonné.
-       Je n'ai pas revu Odilon depuis son départ pour la forêt, il y a de cela un long moment.
-       La forêt ? Mais que me dîtes-vous là ? interrogea stupéfait l'Abbé.

Robert ne répondit pas, mais baissa la tête.

-       Ne me dites pas que vous avez envoyé Odilon dans cette forêt si dangereuse et truffée de brigands ? demanda l'Abbé sur un ton de reproche.

-       Si mon père, j'y ai été obligé malheureusement, reconnut Robert. Mais je ne pense pas qu'Odilon coure un plus grand risque là-bas que dans la ville, croyez-moi.

Il fit une pause et jeta un regard circulaire autour de lui.

-       Ne pourrions-nous pas parler dans un endroit plus tranquille ? murmura-t-il.

L'Abbé sursauta.

-       Si, si bien sûr ! Où ai-je la tête. Suivez-moi, dit-il en tirant Robert par le bras.

Une fois dans la cellule de l'Abbé, celui-ci demanda à Robert de lui raconter ce qui s'était passé depuis l'arrivée d'Odilon chez lui. Robert narra la visite d'Odilon, leur départ précipité vers la forêt avec les Lupus à leurs trousses, son retour mouvementé dans la ville et sa fuite, à lui et sa famille, quelques heures seulement après le départ d'Odilon.

-       Je me méfiais déjà de mon voisin, termina Robert et je suis sûr qu'il n'aurait pas hésité à me dénoncer aux hommes de Garin s'il avait pu. Je crains qu'il ne m'ait aperçu en compagnie d'Odilon alors que nous quittions la ville. Il était plus prudent pour nous d'aller nous cacher hors de la ville.

-       Oui, vous avez bien fait et je vous approuve, acquiesça l'Abbé songeur. Mais je ne peux m'empêcher de m'inquiéter pour Odilon, tout seul dans cette forêt. Qu'a-t-il bien pu lui arriver ?

Est-il toujours en vie ? Je ne suis pas sûr qu'il soit bien préparé à affronter tous les périls qui le menacent.

- Je crois que vous ne devriez pas vous faire tant de soucis pour lui. C'est un garçon plein de ressources, vous savez.

Le Père Abbé hocha la tête d'un air dubitatif.

- Je dois vous avouer que ce que vous me dites corrobore ce que je craignais, Robert.
- Que voulez-vous dire ?
- Il y a quelques jours, je me suis rendu compte que l'on avait fouillé ma cellule.
- Fouiller votre cellule ! s'exclama Robert. En êtes-vous sûr ?
- Malheureusement oui. Quelqu'un a bougé les quelques objets qui s'y trouvent.
- Comment pouvez-vous en être sûr ?
- On a tous nos petites habitudes, n'est-ce pas Robert ? dit l'Abbé en lui faisant un clin d'œil. Moi j'ai une façon particulière de placer ma bible sur la table près de mon lit et mon visiteur ne connaissait pas ma manie, voilà tout.
- Mais pourquoi aurait-on fouillé votre cellule ?
- Je n'ai pas compris tout de suite. Mais il m'est apparu qu'il s'agissait de la bande à Garin.
- Je ne comprends pas, il y aurait des espions à la solde de Garin jusqu'à l'intérieur votre abbaye ?

L'Abbé regarda Robert, étonné par tant de naïveté.

- Mais ils sont partout, mon ami ! soupira-t-il. Derrière ses murs, dans la ville, dans la forêt. Je suis même sûr que Garin sait déjà que vous me rendez visite en ce moment.

-      Mais ce n'est pas possible !

-      Peu importe. Cette expérience a eu cela de bon qu'elle a confirmé mes soupçons.

-      Vos soupçons ? Quels soupçons ?

-      Lors du départ d'Odilon, raconta l'Abbé, nous nous étions donné rendez-vous la nuit tombée près de la salle capitulaire. Je devais le guider dans le passage secret. Bizarrement, sans que j'en comprendre tout d'abord la raison, je me suis endormi si profondément que je ne me suis réveillé que le lendemain matin

-      Vous deviez être très fatigué, voilà tout.

-      Non, je ne le crois pas et cela m'a paru bien étrange. J'avais pris froid, il est vrai, mais je n'étais pas mal au point de ne pas pouvoir assumer la tâche que je m'étais confiée à moi-même. Sinon, j'aurai décalé le jour du départ.

Robert réfléchit puis demanda.

-      Et vous en concluez ?

-      Que quelqu'un a veillé à ce que je ne me rende pas au rendez-vous comme convenu.

-      Mais c'est abominable cela ! Comment est-ce possible ? demanda Robert.

L'Abbé sourit.

-      J'ai demandé au frère Thibaud, notre herboriste, s'il pouvait expliquer ce sommeil profond.

-      Et qu'en a-t-il pensé ?

-      D'après lui seul, une plante spéciale aurait pu produire cet effet-là.

-      Mais c'est incroyable ! s'exclama Robert. Cela veut dire…

- Cela veut dire, coupa l'Abbé, et vous en conviendrez avec moi, que quelqu'un est entré dans ma cellule et a mis cette plante dans mon verre sans que personne ne le voie et sans je m'en aperçoive.

- Mais qui pourrait faire une chose pareille ? Avez-vous un soupçon ?

- J'ai plus que cela répondit l'Abbé malicieusement. Récemment, je ne sais pourquoi je me suis méfié. Alors que je m'apprêtais à me mettre au lit, j'ai trouvé un verre sur ma table, comme ce fameux soir où j'avais rendez-vous avec Odilon. Mais ce soir-là, ce verre n'avait aucune raison d'être là : je n'étais plus malade et frère Thibaud m'avait dit d'arrêter la médecine. Aussi, n'ai-je pas bu ce verre et je l'ai porté au frère Thibaud pour qu'il me dise ce qu'il contenait.

- Et que contenait-il ? interrogea Robert interloqué

- Un puissant somnifère !

Robert poussa une exclamation de surprise.

- Qu'avez-vous fait alors ? demanda-t-il curieux de connaître la suite de l'histoire

- J'ai joué le jeu et j'ai fait semblant de dormir profondément. Il fallait que j'en aie le cœur net, comprenez-vous ?

Robert fit un signe de tête en signe d'acquiescement.

- Je n'ai pas eu à attendre bien longtemps, poursuivit l'Abbé. La porte de ma cellule s'ouvrit et quelqu'un est entré à pas feutrer. Il s'est dirigé vers ma couche pour vérifier que je dormais. C'est là que je l'ai surpris.

- Comment avez-vous fait ?

-       Je l'ai attrapé par la manche de sa bure et l'ai forcé à se mettre à genou au pied de mon lit

-       Et... Qui était-ce ? demanda Robert

-       Il s'agissait du frère Aubin

-       Frère Aubin ? s'exclama Robert. Mais c'est un moine si gentil ?

-       Oui c'est vrai. Il s'est d'ailleurs très vite effondré en larmes et m'a supplié de le pardonner.

-       Ce que vous avez fait bien entendu, s'écria Robert sur un ton de reproche

-       Ce que j'ai fait en effet. J'ai obtenu de lui qu'il me révèle la raison de sa visite et le nom de ses complices. Je me doutais en effet qu'il n'avait pas agi seul. Frère Aubin est un moine trop fragile pour avoir mis seul sur pied un plan aussi machiavélique.

-       Et alors ?

-       Alors, il ne savait pas grand-chose et il est plus à plaindre qu'à punir. Mais il m'en a dit suffisamment pour me prouver que Garin était prêt à tout pour capturer Odilon.

-       Mais que vous a-t-il dit exactement ?

L'Abbé se servit un verre d'eau, en offrit à Robert qui refusa, prit le temps de le boire et continua son récit.

-       Raoul l'homme de main de Garin l'a forcé à m'espionner. Il voulait connaître le plan du souterrain. Je crois qu'il pensait qu'Odilon y était peut-être toujours caché puisque personne ne l'avait vu ressortir.

-       Mais ce plan existe-t-il ?

-       Oh oui ! répondit malicieusement l'Abbé. Il a existé, en effet. Mais... je me suis méfié et je l'ai brûlé le lendemain du départ d'Odilon.

Robert sourit.

- Ainsi, je suis le seul maintenant à connaître ce passage secret, termina l'Abbé

Robert soupira.

- C'est une bonne chose. Mais vous avez dit qu'il avait des complices ?
- Oui en effet. Il y a un complice.
- Mais alors ne craignez-vous pas que celui-ci n'agisse sans avoir besoin du frère Aubin
- C'est une possibilité en effet. Mais j'ai une longueur d'avance sur lui.
- Laquelle ? demanda Robert
- Je connais son nom ?
- Et de qui s'agit-il ?
- D'Ernaud, le charpentier qui vient quelquefois nous rendre de menus services à l'abbaye. Ernaud qui est assez lâche pour avoir envoyé frère Aubin faire cette vile besogne à sa place pour ne pas courir de risque.
- Ernaud ?!
- Ne soyez pas si surpris, mon ami. Les ennemis sont souvent là où on les attend le moins.
- Mais alors, à qui se fier ? soupira Robert
- À personne, mon ami, à personne, malheureusement
- Qu'allons-nous faire, Père Abbé. J'étais venu aujourd'hui pour vous demander de l'aide pour sauver Odilon. Mais cela n'est plus possible maintenant.
- Mais pourquoi ?
- Mais parce que cela est bien trop dangereux pour vous !
- Ne dites pas de sottises, Robert. Je suis plus malin que cela. Fort de ce que j'avais appris de la bouche du frère Aubin, j'ai décidé de brouiller les pistes.
- En faisant comment ?

\-   C'est assez simple en fait. Puisque Garin voulait le plan du souterrain et bien il allait l'avoir !

\-   Mais si vous lui donnez ce plan, ces hommes pourront entrer dans l'abbaye quand ils le voudront ! s'écria Robert

\-   Je n'ai pas dit que je leur donnerai le vrai plan, dit l'Abbé en regardant Robert avec reproche. J'ai eu l'idée de lui remettre un faux plan. Cela dans un double but : le premier est celui de sauver la vie du frère Aubin qui risquait fort de subir les foudres de Garin si celui-ci apprenait qu'il l'avait trahi, le frère Aubin m'ayant dit que sa vie était menacée. Ainsi tout était pour le mieux : Raoul est satisfait et frère Aubin en sécurité avec moi à l'abbaye.

\-   Vous êtes trop bon, père Abbé.

L'Abbé sourit et poursuivit.

\-   Le second but est destiné brouiller les pistes : pendant que Garin cherche Odilon dans le souterrain cela nous laissait tout le loisir d'aider Odilon là où il se trouvait réellement, c'est-à-dire hors du souterrain !

\-   C'est une idée de génie ! s'exclama Robert

\-   Merci, sourit l'Abbé.

Il y eut un silence rompu par le père Abbé.

\-   Mais si vous me disiez la raison de votre visite Robert. Vous disiez que vous aviez besoin d'aide pour sauver Odilon ?

\-   Oui en effet. Vous savez que se tient actuellement dans la ville, la foire annuelle.

\-   Oui, j'y suis allé hier justement, reconnut l'Abbé.

\-   Savez-vous également qu'à l'occasion de la foire, dans un jour ou deux, Garin organise un tournoi ?

-       Un tournoi ? Non je ne le savais pas. Mais en quoi cela nous intéresse-t-il ?

-       Des bruits courent que ce tournoi serait un piège pour capturer Odilon.

L'Abbé réfléchit quelques minutes

-       Cela serait très possible en effet, admit-il.

-       Aussi ai-je besoin de votre aide, renchérit Robert.

-       De mon aide ? En quoi faisant ? s'étonna l'Abbé.

-       J'ai été approché hier par deux hommes qui recherchaient des hommes fiables pour se battre contre Garin. Je suis sûr que je connais l'un d'eux, mais je n'ai pas pu mettre un nom sur son visage.

-       Mais ne craignez-vous pas que cela soit un piège ? demande l'Abbé soupçonneux.

-       Peut-être, mais ces hommes prenaient toutes les peines du monde à ne pas se faire remarquer et je doute que les hommes de Garin en fassent autant.

-       C'est-on jamais !

-       De toute façon, rien ne nous empêche de participer à ce tournoi.

-       Nous ?

-       Oui nous. J'ai besoin de vous père Abbé et de quelques moines fiables. Je connais assez Odilon — bien que je ne l'aie vu que peu de temps — pour savoir qu'il va répondre à cet appel. Surtout s'il sait qu'il à une chance de sauver sa mère ! Alors, il accourra au mépris du danger. Si l'on peut faire quelque chose pour l'aider, il faut le faire ne croyez-vous pas ?

-       Si vous avez raison, en effet.

L'Abbé réfléchit à la proposition de Robert.

\-   Mais pensez-vous que l'on puisse faire quelque chose dans cette affaire ?

\-   Oui je le pense et j'ai un plan.

\-   Alors, dites-moi vite comment nous devrons nous y prendre ? demanda avec empressement l'Abbé.

\-   Allons ailleurs, je ne veux pas que notre conversation soit écoutée.

\-   Oui, vous avez mille fois raison. Suivez-moi.

Ils sortirent du logis de l'Abbé et se dirigèrent vers l'étable.

CHAPITRE XXXXIV

La fée

Dès l'aube, juste après prime, comme il l'avait décidé avec Maître Hann la veille, Odilon prit la direction de l'arbre centenaire, espérant le retrouver dans l'enchevêtrement de végétation et de branches d'arbres que contenait la forêt touffue et qui ralentissait considérablement son parcours.

Au bout d'une heure de marche, Odilon commençait à désespérer de trouver ce chêne centenaire. Il crut même un moment s'être égaré.

C'est alors qu'il se rappela ce que lui avait dit la sorcière et ce que Maître Hann lui avait remémoré : « Pense très fort à la fée et elle t'apparaîtra ».

Ne sachant quelle direction prendre, Odilon décida de suivre les conseils qui lui avaient été prodigués et se mit à se concentrer autant qu'il le pouvait sur cette fée qu'il souhaitait ardemment rencontrer, ce qui lui fut très difficile puisqu'il ne la connaissait pas.

- Penser à quelqu'un que l'on ne connaît pas est une entreprise bien hasardeuse, pensa-t-il en lui-même. Mais peut-être ainsi réussirai-je et me guidera-t-elle vers sa demeure ?

Il se trouvait alors à quelques pas de l'endroit où il avait rencontré la sorcière. Il aperçut, non loin de là, un gros chêne dont les épaisses branches se mirent à remuer ce qui attira l'attention d'Odilon qui n'avait pas remarqué cet arbre jusque présent.

Intrigué, il s'approcha et fut ébahi du spectacle qui s'offrit à ses yeux : l'arbre, qui semblait pourtant solidement planté sur le sol, se mit à trembler, ce qui, par répercussion, eut pour effet de faire bouger, le sol sous les pieds d'Odilon ; les branches de l'arbre se mirent à s'ouvrir et les feuilles se froissèrent dans un mouvement si féérique qu'Odilon ne put retenir un léger murmure d'admiration. Peu à peu, une forme se dessina : l'arbre se transformait, ses branches devinrent des bras et le tronc, d'un blanc laiteux, forma le corps évanescent d'une créature de rêve, tandis que les abords de l'arbre s'embrumèrent et qu'Odilon se sentit enveloppé dans une épaisse couche de brumes blanchâtres qui le paralysa sur place.

Soudain, apparut devant ses yeux, comme sortie toute entière de l'arbre, une jeune fille, telle une sirène de la forêt, dont la tête se forma sur la cime du chêne et dont le corps était attenant à l'arbre.

Odilon se sentit vaciller. Il ne pouvait plus tenir sur ses jambes et se renversa sur le sol, tombant sur un lit de feuilles que la fée fit apparaître pour amortir sa chute. Il resta là, paralysé, les yeux rivés sur cette sirène de la forêt, incapable de bouger ou de faire un geste, ni même d'ailleurs d'émettre un son.

La fée se pencha vers lui. Il la vit venir à lui, du haut de ciel, une douce musique l'enveloppant.

- Bonjour beau jeune homme, dit-elle d'une voie douce et mélodieuse. Est-ce toi qui a osé me réveiller ?

Sa voix était suave et ensorcelante. Odilon aurait voulu lui répondre, mais voyant qu'il ne pouvait toujours pas s'exprimer il opina simplement de la tête en guise de réponse.

- Quel beau rêve je faisais. Un superbe jeune homme... un peu comme toi justement, remarqua-t-elle en s'approchant encore davantage, venait m'embrasser. Était-ce toi ?

Odilon comprit qu'il était ensorcelé, sous l'emprise d'un philtre magique contre lequel il lui était difficile de lutter.

- Je vais t'enlever beau jeune homme et t'emporter avec moi poursuivit la fée. Tu verras la vie rêvée que je réserve à ceux qui m'ont approchée. Je te couvrirai de bienfaits. Tu vivras dans un paradis où tout est permis où tout est possible. Tu connaîtras le bonheur et tu seras heureux, j'y veillerai personnellement.

La fée était maintenant si proche que son corps nuageux enveloppait de ses bras le corps d'Odilon qui sentit, au même moment, une douce paresse l'envahir.

La fée commença à soulever Odilon qui sentit qu'il s'envolait dans les airs. C'est alors que, dans un suprême effort, il tenta de se dégager de cette emprise, mais la torpeur était trop forte : il lui semblait qu'il était comme dépendant de cette fée, incapable de lui résister !

Il prit une profonde inspiration et dans un immense mouvement de courage, il hurla, du moins le crut-il, car ce ne fut qu'un chuchotement qui sortit de sa bouche.

-       Non !

-       Non ? demanda la fée interloquée. Non quoi ? Tu refuses le bonheur de partager ma vie sulfureuse ? Personne n'a encore regretté de s'être laissé enlever par moi, tu sais.

-       Je... j'ai... tour... nois... ne réussit qu'à dire Odilon.

-       Quoi ? dit la fée agacée, arrêtant son mouvement. Je ne comprends rien de ce que tu me dis. Puis elle ajouta d'une voix radoucie, mais qui conservait malgré tout une intonation qui prouvait qu'elle était visiblement en colère : sais-tu ce que tu risques à me contrarier, beau jeune homme insouciant ?

Odilon remarqua que, pendant le court laps de temps où la fée avait été en colère, son sortilège avait baissé d'intensité et Odilon qui se sentait moins en dépendance, un peu dégagé de son emprise. Il en profita pour dire à la fée ce qu'il attendait d'elle.

-       Je dois participer à un tournoi... C'est une question de vie ou de mort... Pour sauver ma famille... Il me faut un haubert et... une épée...

La fée laissa un temps par lequel elle exprima sa stupéfaction. Odilon toujours dans l'incapacité de faire un geste, la regardait droit dans les yeux craignant sa réaction. La fée se courba de nouveau et reposa Odilon sur le lit de feuilles d'où elle l'avait soulevé quelques instants plus tôt.

-       Ainsi tu as besoin de mon aide ?

Odilon, mort de peur, acquiesça simplement de la tête.

-       Je ne te comprends pas. Tu préfères affronter le danger et peut-être... la mort (oh que je n'aime pas ce mot) plutôt que de rester ici avec moi ?

-       Mais si je reste avec vous réussi à dire Odilon, je serai mort aussi pour les miens... quelle est la différence ?

La fée s'était maintenant complètement relevée.

-       Tu as sans doute raison, admit-elle. Tu es beau et intelligent de surcroît et tu es un bon garçon.

Elle ajouta en souriant et en se penchant sur Odilon comme pour l'embraser jusqu'à frôler ses lèvres.

-       Dis-moi, ne me trouves-tu pas à ton goût ?

Odilon hésita un instant. Il contempla la fée et la trouva superbe. Il ne pouvait dire qu'il n'était pas insensible à cette sirène dont le charme, indéfinissable, et la beauté vaporeuse l'attirait terriblement. Il ressentait une impression nouvelle, comme un frisson qui lui parcourut tout le corps. Il se rappela avoir déjà ressenti la même chose alors qu'il avait vu cette jeune fille dans la cour de l'abbaye peu avant son départ. Soudain, sa vue s'embrouilla et ce fut le visage de sa mère qu'il vit devant ses yeux. Cela le fit réagir et lui rappela le but de sa visite : ce qui comptait le plus actuellement était de sauver sa famille des griffes de Garin.

Il se décida à répondre à la fée.

-       Vous êtes très attirante, Madame. Je me serais bien attardé à bavarder un peu plus avec vous, mais mon devoir m'appelle ailleurs et je dois suivre ma destinée. Ne m'en veuillez pas, peut-être une autre fois ?
-       Ah ah ah ! Tu es un bel enjôleur, mon garçon, et un brin hypocrite, beau jeune homme. Je vais t'aider puisqu'il en est

ainsi, mais promets moi de revenir me voir si tu à nouveau besoin de moi.

-        Je ne peux rien vous promettre, osa Odilon le cœur battant

-        Tu es franc ! Parfait. Décidément, tu as toutes les qualités et le temps me manque pour dénicher tes petits défauts dont la couardise ne fait certainement pas partie. Tu auras ce que tu es venu chercher, mais sache que ce que je te donne s'évaporera dès que ton devoir sera accompli. Alors, tu ne seras plus protégé.

-        Bien Madame, j'ai compris.

Puis elle ajouta en se retirant comme si elle se dissolvait dans la nature :

— Un jour, tu seras à moi bel enfant !

Odilon se sentit soudainement épuisé et tomba brusquement dans un profond sommeil.

CHAPITRE XXXXV

L'entraînement

O dilon s'éveilla en sursaut. Des rires le sortirent de sa torpeur. Lorsqu'il ouvrit les yeux, il constata qu'il était allongé sur le dos face au lac. Ses yeux étaient rivés vers le ciel à l'endroit précis où il avait rencontré Maître Hann la nuit précédente.

Il promena, comme il put, compte tenu de sa position, son regard autour de lui et vit des têtes penchées sur lui : c'étaient les hommes de la bande à Saurus qui l'entouraient. Il apparut à Odilon que ces hommes se moquaient de lui, sans qu'il ne comprît la stupéfaction qui marquait leur visage. Il chercha du regard sa sœur et Geoffroy, mais ne les vit pas.

Il tenta de se relever, mais réussit à ne faire aucun mouvement : il se sentait comme ankylosé. Tous ces mouvements semblaient entravés par une force qui le clouait au sol. Il n'en comprit pas tout de suite la raison, mais lorsqu'il eut repris complètement ses esprits, il tourna la tête et remarqua avec une certaine stupeur que ses bras étaient recouverts d'une cotte de mailles : celle-ci semblait peser au moins 15 kilos ! Son regard était gêné par une sorte de tige qui lui tombait sur le nez et le gênait pour respirer !

Il pensa tout d'abord que son accoutrement était dû à une mauvaise blague de la bande à Saurus. Puis, sa visite nocturne à la fée du chêne lui revint en mémoire et il comprit alors que celle-ci avait accédé à sa demande.

- Une cotte de mailles et un casque conique à nasal… mais bien sûr la fée du chêne à réussi! se dit-il en explosant intérieurement de joie.

Mais il se calma aussitôt à la pensée des explications qu'il lui faudrait donner à Saurus et à sa bande.

- Qu'allait-il leur dire? se demandait-il alors qu'il tentait à nouveau de se relever sans succès.

Cloué au sol, dans une posture peu honorable, il ne lui restait plus qu'à demander de l'aide.

- Au lieu de rire vous feriez mieux de m'aider, lança-t-il à Enguerand et à Adalberon qui l'entouraient et qui riaient tellement qu'ils s'en tenaient les côtes.
- Ça alors mon gars! lui lança Geoffroy en faisant signe à ses hommes d'aider Odilon à se relever, tu m'épateras toujours!

Une fois debout, Odilon se sentit étrangement gourd comme si son corps pesait plus de cent kilos! Il se sentit déporté sur la gauche. Il n'y avait pas fait attention tout de suite, mais une gigantesque épée était attachée autour de sa taille. Il la sortit de son fourreau et la contempla : c'était un magnifique instrument, à deux tranchants, de près d'un mètre de long et dont le poids sembla à Odilon être près de deux kilos. Il la brandit devant lui : le forgeron qui l'avait fabriquée avait dû passer au moins deux cents heures sur cette merveille! La poignée ainsi que le pommeau, tout comme le fourreau d'ailleurs, étaient ornée de métaux précieux et de pierreries si pures qu'elles étincelaient à la lumière ! C'était un vrai travail d'orfèvre ! Odilon l'admira un moment puis il lui sembla qu'une inscription était gravée sur la lame : il l'approcha de lui et crut lire : « Vincere ».

-       Vaincre ! traduisit-il. Si cette épée pouvait m'aider à remporter la victoire ! se murmura-t-il pour lui-même.

Saurus et ses hommes contemplaient également l'instrument, remplis d'émotion.

-       Tu vas lui donner un nom ? demanda Enguerand intrigué.

Odilon ne répondit pas tout de suite, tant il était subjugué par la beauté de cette arme.

-       Oui, je vais lui donner un nom. Mais puisqu'elle porte déjà une inscription, je la baptiserai Vincera !

Tous applaudirent de bon cœur.

-       Comment as-tu fait pour te procurer ce haubert ? demanda Saurus.
-       Ça, c'est une bien trop longue histoire pour que je vous la raconte maintenant Geoffroy improvisa Odilon en guise de réponse, l'important n'est-il pas que j'ai trouvé ce qui me manquait ?

Puis il ajouta avec ferveur :

-       Ne perdons pas de temps. Profitons de cette belle matinée pour nous entraîner comme prévu.

Pendant qu'il tentait de se mettre debout, Bertille s'était approchée de son frère.

- Comment comptes-tu t'y prendre pour combattre Raoul alors que tu tiens à peine debout avec ce haubert ? ironisa-t-elle
- Je n'ai pas besoin de me tenir debout répliqua Odilon. Il suffit que je me tienne sur mon cheval.
- Encore faudra-t-il que tu puisses monter dessus ! renchérit Bertille qui n'était pas à court d'arguments. Et accoutré comme tu l'es, je ne sais pas comment tu vas y arriver ou t'y prendre ??
- Ce que tu peux être agaçante parfois Berty ! Tu crois que ton défaitisme va m'aider ? Je vais m'entraîner, voilà tout !
- Ah oui ! J'oubliais... Tu as sept malheureux jours pour te préparer à te faire tuer. Tu as raison c'est amplement suffisant.

Cela dit, Bertille regagna sa cabane, préférant assister à l'entraînement du haut de leur refuge.

- Comme elle peut m'énerver par moment ! dit Odilon à Geoffroy. Elle ne me fait pas confiance ou quoi ? Si elle croit que c'est comme cela qu'elle va me donner du courage !
- Elle t'aime, Odilon et elle a peur pour toi, voilà tout, lui répondit Geoffroy.
- Oui je sais. Bah, elle pourrait m'aimer un peu moins... cela m'irait très bien, je vous l'assure. Surtout en ce moment où je n'arrive même pas à mettre un pied devant l'autre sans que deux de vos sbires ne me donnent un coup de main.

Enguerand et Adalberon étaient en effet venus au-devant d'Odilon pour l'aider à regagner son cheval.

-      Tout cela n'est qu'une question d'entraînement, petit dit Geoffroy sur un ton convaincant. Il faut que ce haubert devienne pour toi comme une seconde peau. Tu verras tu t'y feras très vite, ajouta-t-il en donnant une petite tape sur les épaules d'Odilon.

Clopin-clopant, Odilon avançait péniblement jusqu'à son fidèle destrier, Victoire. Celui-ci était harnaché et protégé comme un cheval de combat par une couverture de fer.

-      Ainsi se dit Odilon, la bonne fée a pensé à tout !

Le cheval lui semblait se trouver aux antipodes.

-      Ne serait-ce pas plus facile si vous ameniez le cheval à moi plutôt que ce soit moi qui aille à lui ? demanda avec une pointe d'ironie Odilon à Saurus.
-      Non ! Il faut que tu t'y fasses, je t'ai dit. À force de marcher, tu finiras par te sentir plus à l'aise.
-      Si vous le dites ! fit Odilon sceptique en se prenant les pieds dans son épée.

À force de courage, s'arrêtant régulièrement pour reprendre son souffle, Odilon parvint néanmoins jusqu'à Victoire. Mais le cheval fit un bond en arrière et poussa un gémissement de terreur à la vue de ce curieux personnage qui voulait monter sur son dos.

-      C'est moi, Victoire ! lui dit tout doucement Odilon. Tu ne me reconnais donc pas ?

Le cheval sembla se calmer.

-       C'est déjà assez difficile comme cela pour moi si en plus tu ne m'aides pas...

Odilon tenta d'enfourcher son cheval, mais il dut s'y reprendre plusieurs fois avant d'y parvenir. Il chercha du regard sa sœur qui était toujours penchée à travers l'ouverture de leur cabane. Elle n'avait rien perdu de la scène et observait avec inquiétude les déboires de son frère tentant de monter sur son cheval. Elle lui fit un signe de la main comme pour l'encourager, signe auquel Odilon répondit avec chaleur, tandis que Victoire continuait à ruer sans qu'il ne pût l'arrêter.

Ce fut Saurus qui parvint à maîtriser la jument ce qui permit à Odilon de tenter de monter en selle. Mais il n'était pas si facile de monter sur un cheval lorsqu'on était harnaché comme l'était Odilon et il se retrouva à de nombreuses reprises à goûter le sable et la terre ! Tant et si bien que Geoffroy résolut, aidé par Enguerand, de le porter pour l'installer sur la selle : la première tentative échoua, Odilon se retrouvant le dos à la crinière... Il fallut donc faire une deuxième tentative pour qu'enfin Odilon réussisse à se retrouver dans le bon sens sur la selle bien assis sur son cheval. Il donna de nombreuses tapes sur l'encolure de Victoire qui sembla se calmer enfin.

-       Voilà ma grande ! Tu vois, ce n'est que moi, il ne faut pas t'énerver comme cela.
-       Sa couverture doit la gêner, elle n'a pas l'habitude, fit remarquer Geoffroy.
-       Oui ? je pense que vous avez raison.

Geoffroy s'approcha de lui et lui tendit un lourd objet en bois recouvert de fer.

- Tu oublies ceci, dit-il
- Oh ! Un écu ! Un vrai ?
- Tout ce qu'il y a de plus vrai apparemment précisa Geoffroy en examinant le bouclier. En parfait état de marche et de surcroît très bonne qualité, me semble-t-il.

Le bouclier était orné d'armoiries qui interpellèrent Odilon.

- Avez vu ces armoiries ? demanda-t-il en montrant à Geoffroy.
- Oui en effet. Je les découvre en même temps que toi.

Sur la surface du bouclier était représentée au centre une colombe blanche entourée de chaque côté d'une branche de laurier et d'un rameau d'olivier.

- Ainsi, ce blason nous servira de signe de reconnaissance lorsque tu seras dans la mêlée de la bataille mon petit, remarqua Geoffroy.
- Dans la mêlée, reprit Odilon qui avait, l'espace d'un instant, oublié la raison de son accoutrement. Ah oui, la mêlée...

Odilon, brutalement rappelé à la réalité, attrapa d'une main l'écu et de l'autre les brides et se dirigea vers le grand terre-plein qui longeait le lac où il était prévu que devait se dérouler l'entraînement,

Il ne s'agissait pas seulement pour Odilon de s'entraîner pour se préparer au combat, il lui fallait également préparer son destrier à affronter un tel tournoi, combat auquel le pauvre animal n'avait jamais dû participer auparavant.

Chemin faisant, Odilon conversa avec Geoffroy :

- J'ai peut-être été un peu présomptueux quand je vous ai donné mon accord pour participer à ce tournoi, Geoffroy, fit remarquer Odilon. Regardez comme je suis gauche, je n'arrive déjà pas à monter sur mon cheval, comment voulez-vous que je réussisse à tenir ma lance et mon épée durant le combat ?
- Tu y arriveras petit. Ceci n'est qu'une affaire d'entraînement.
- Entraînement, entraînement, vous n'avez que ce mot-là à la bouche… Il ne s'agit pas que de cela, il faut aussi se battre… se battre à mort peut-être.

Odilon avait prononcé ces derniers mots tout bas, mais suffisamment fort pour que Geoffroy les entende. Celui-ci considéra Odilon, il se demanda s'il ne l'avait pas jugé un peu plus solide qu'il n'était réellement. Peut-être qu'au fond il se servait de lui pour mener à bien une vengeance dont il rêvait depuis si longtemps. Peut-être n'avait-il pas le droit d'agir ainsi avec un garçon si gentil ! L'image de sa fille lui revint en mémoire : si pure et si belle, c'était encore une enfant lorsqu'il l'avait quittée et depuis toutes ces années, il ne l'avait pas revue. La reconnaîtrait-il seulement s'il avait la chance de la revoir un jour ! Et Geoffroy savait bien que cette chance était inscrite au bout de la lance d'Odilon qui, seul, pouvait réussir à vaincre Garin. Tout se bousculait dans sa tête ! Il ne voulait pas qu'Odilon meure dans ce combat, mais pouvait-il lui assurer une réussite somme toute assez aléatoire ? Avait-il le droit de se servir de lui comme il le faisait ? Y avait-il un risque même minime qu'Odilon périsse dans ce combat ? Y avait-il même une chance qu'il en réchappe ? Pris de scrupule Geoffroy ne savait plus quelle conduite il devait tenir. Perdu dans ses pensées, il n'avait pas remarqué qu'il était arrivé au bord du lac, plus vite d'ailleurs qu'il ne l'avait espéré lui-même.

-       Alors Geoffroy nous sommes arrivés ! Vous rêvez ?

Les paroles d'Odilon sortirent Geoffroy de sa torpeur.

-       Hein ? Oh oui ! C'est très bien. Odilon.

Puis il ajouta :

-       Il faut que je te parle
-       Vous voilà bien sérieux tout à coup !
-       C'est que... enfin, je me disais que je n'avais pas le droit de te forcer à participer à ce tournoi. Il est encore temps de reculer...
-       Reculer ? Mais pourquoi ?
-       Bah, je ne sais pas... tu pourrais... enfin, il y a quand même des risques... Et...
-       Je sais Geoffroy ! Me croyez-vous assez idiot pour ne pas savoir que je risque ma vie dans ce combat ? Mon père... mon père m'avait déjà mis en garde et je doute que Garin ait assez d'honneur pour jouer franc jeu. Nous en avons déjà assez parlé. J'ai conscience des risques, n'ayez aucune crainte. Et puis, ce n'est pas vous qui me forcez à participer à ce tournoi c'est moi qui ai décidé, seul, d'y participer. Et rien, vous m'entendez Geoffroy, rien ni personne ne me fera reculer ! On ne recule pas dans ma famille ! Il faut savoir affronter les évènements lorsque les temps sont murs pour le faire. Allons-y, commençons l'entraînement nous avons assez perdu de temps comme cela !

Geoffroy avait écouté silencieusement les fermes propos d'Odilon : décidément, ce garçon lui plaisait beaucoup et sa bravoure dépassait ce qu'il n'avait jamais imaginé. Il était digne d'être Chevalier, peut-être un peu inconscient, mais son seul espoir de revoir sa fille vivante.

- Bien. Bien mon garçon. Mais tout d'abord, je dois t'offrir un cadeau.
- Ah oui ! j'adore les cadeaux ! s'exclama Odilon

Geoffroy fit signe à Adalberon qui avança, armé d'une lance d'au moins 2,50 m de long

- Voici une lance, lança Geoffroy avec fierté. Je l'ai... hum... emprunté à un voyageur égaré, ajouta-t-il. Prends là, elle est à toi Odilon !

Odilon attrapa la lance et la serra entre son flanc et son avant-bras en position horizontale fixe. Le visage de Geoffroy s'éclaira :

- Bien ! Je vois que tu connais déjà son maniement !
- En effet, je connais ! Et maintenant ? Contre qui je me bats ?

Geoffroy pointa du doigt un épouvantail qu'il avait placé à cet effet un peu plus loin au bord du lac.

- Le jeu consiste à toucher l'épouvantail et à le mettre à terre !
- D'accord, mais avec qui est que je me battrai le jour du tournoi ? Où sont les convois ?

La charge devait se faire, en effet, de façon collective, en rangs serrés de cavaliers.

- Ne t'inquiète pas de cela ! Je veux aujourd'hui que tu t'entraînes avec la lance et que tu t'habitues à ton haubert, cela sera déjà bien.

Odilon se mit en place…

- Allez vas y, premier essai ! lança Geoffroy

Odilon lança son cheval et plaça sa lance et visa l'épouvantail. Arrivé à proximité, il chargea, augmentant la cadence de son cheval. La lance frappa le mannequin en plein cœur, mais resta accrochée dans la paille ce qui déséquilibra Odilon qui tomba de cheval et se retrouva dans l'eau glacée du lac.

Des rires montèrent de l'assemblée pendant qu'Odilon s'ébattait sans grand succès pour se sortir de cette eau glacée. Bertille, qui avait assisté à la scène du haut de son perchoir, ne put s'empêcher de rire elle aussi, ce qui accentua l'énervement d'Odilon qui la toisa et lui lança un regard de feu.

- Ce n'est pas grave, petit, recommence, dit Geoffroy avec encouragement. Il ne faut pas que tu comptes sur la force de ton bras. Celle-ci n'entre pas en ligne de compte dans ce type de combat. Ton coup sera d'autant plus efficace que la vitesse de ton cheval sera la bonne. C'est de sa puissance que dépendra ta victoire. Et c'est cela que je veux t'apprendre.

Et la journée se passa ainsi, en chute amortie ou mouillée. Ce ne fut que le soir venu qu'Odilon parvint à faire tomber le mannequin tout en restant assis sur son cheval. Ce fut un progrès considérable qui lui valut les applaudissements des amis de Saurus.

Le soir venu, Odilon s'effondra plus qu'il ne se coucha, tout endolori et s'endormit tout habillé sur sa couche.

Le lendemain et les jours suivants, l'entraînement continua de plus belle. Odilon qui n'avait jamais ôté son haubert en mailles fines sur les conseils de Saurus commençait à s'y habituer. Celle-ci devenait comme une seconde peau et il se sentait plus à l'aise dans ses mouvements et, peu à peu, ses succès le galvanisèrent et décuplèrent ses forces.

Les journées passaient bien trop vite au goût d'Odilon que l'entraînement amusait beaucoup maintenant. Enguérand et Adalbéron avaient remplacé l'épouvantail et combattaient maintenant contre lui.

-       Et bien petit ! lui lança Geoffroy en guise d'encouragement à la fin de ces six jours d'entraînement. Si tu es aussi en forme demain pour le tournoi, tu gagnerais même si l'on n'était pas là !

L'atmosphère était bon enfant, tous avaient appris à se connaître. Bertille, qui n'avait pas perdu une miette de la préparation de son frère, se réjouissait, elle aussi, de le voir si beau et si valeureux faire de si nets progrès. Elle était très fière d'avoir un frère pareil.

Cependant Odilon avec cet entraînement en était presque venu à oublier sa véritable raison d'être et lorsque Geoffroy lui parla du tournoi il sentit cette fois que ces forces l'abandonnaient.

CHAPITRE XXXXVI

Une invitation imprévue et une petite boite bien encombrante

Au château, les choses s'étaient beaucoup compliquées depuis le départ de Bertille. La visite de son fils n'avait fait qu'accroître l'inquiétude d'Hermeline qui se désespérait de savoir ses deux enfants réduits à se cacher dans la forêt pendant que Garin faisait régner la terreur tant dans le château familial que dans la contrée alentour.

Le manque de liberté commençait à peser à Hermeline. La vie au château devenait chaque jour plus difficile et les restrictions de plus en plus dures à supporter.

Par une succession de malchances, Garin, qui se méfiait peut-être de ce qui se tramait dans son dos — bien qu'Hermeline soit certaine qu'il ne pouvait être au courant de la visite impromptue d'Odilon — avait interdit à Nicolette et à Laudine de venir lui porter ses repas dans sa chambre où elle était recluse contre son gré, mais avait assigné cette tâche à un soldat qui était, chaque jour, différent. Dans ces conditions, Hermeline se demandait bien comment elle allait s'y prendre pour remettre à Nicolette la boite que lui avait confiée Odilon.

Ce matin-là, les choses semblaient se compliquer encore davantage lorsque Garin vint en personne demander à

Hermeline de partager son repas. Il avait également convié Aliénor et Adeline à se joindre à eux.

-       Cela vous changera un peu de votre quotidien et de vos quatre murs ! avait-il lancé ironiquement à Hermeline. Et cela me permettra, avait-il ajouté, de vous faire part des décisions que j'ai prises quant à la suite que je compte donner à notre affaire.

Hermeline s'était bien gardée de faire une quelconque remarque désobligeante trouvant là, lui semblait-il, un moyen de transmettre un message à une des servantes et de parler avec Aliénor. Cependant elle se sentit bien mal à l'aise lorsque Garin demanda à voir Bertille.

-       Elle est souffrante, lui dit-elle, et préfère garder la chambre.

Il la regarda d'un air suspicieux, mais n'insista pas :

-       Je compte bien qu'elle se joigne à nous tout à l'heure, avait-il ajouté sur un ton péremptoire. Ce que j'ai à vous dire la concerne au premier chef et il est essentiel qu'elle soit là.

Hermeline n'avait pas bronché et Garin avait quitté la pièce sans attendre sa réponse. Mais elle était très consciente qu'elle ne pourrait pas mentir éternellement à Garin. Ce qu'elle souhaitait simplement, c'était de gagner du temps, juste le temps nécessaire pour permettre à son fils d'accomplir ses desseins.

Alors qu'elle s'apprêtait à descendre pour répondre à l'invitation à déjeuner de Garin, un soldat vint chercher Hermeline de telle façon qu'elle se trouva dans le couloir en même temps qu'Aliénor et Adeline. Les deux femmes ne s'étaient pas revues depuis le départ de Bertille, Garin les retenant prisonnières dans leur chambre respective. Aliénor n'était donc pas au courant de la visite impromptue qu'Odilon avait faite à sa mère.

Le regard d'Hermeline croisa celui d'Aliénor et elles tentèrent d'échanger quelques mots, mais les soldats — qui devaient probablement suivre les consignes que leur avait données Garin — les empêchèrent de s'approcher l'une de l'autre et, les prenant par le bras, les conduisirent jusqu'à la pièce où Garin les attendait.

Celui-ci vint à leur rencontre avec l'air accueillant du maître de maison qui reçoit ses hôtes à souper.

- Mesdames ! lança-t-il sur un ton enjoué, soyez les bienvenues. Je vous remercie de vous joindre à mon modeste repas.

Il prit la main d'Hermeline et la conduisit jusqu'à la porte d'entrée.

- J'ai pensé que vous aimeriez profiter de cette belle journée que l'on a aujourd'hui pour aller prendre quelques bouffées d'air frais. Vous en aurez besoin pour supporter ce que j'ai à vous dire.

Il était encore plus orgueilleux et suffisant que d'ordinaire. Hermeline fut cependant étonnée de cet acte inattendu de générosité qui ne fit que renforcer son angoisse.

Sans que personne n'y prêtât attention, Nicolette et Laudine se glissèrent le long de l'escalier qu'elles gravirent jusqu'au premier étage.

Arrivé au bas du perron, Garin s'aperçut de l'absence de Bertille.

-       Et bien Madame, je ne vois pas Bertille ? Où est-elle donc ? demanda-t-il à Hermeline. Comment se fait-il qu'elle ne se trouve pas ici avec vous comme je l'avais demandé ?

Hermeline parvint difficilement à cacher son trouble.

-       Je vous l'ai dit ce matin, elle ne se sent pas très bien et préférait garder la chambre...
-       Quand je demande quelque chose, Madame, coupa brutalement Garin avec colère, je veux être obéi.

Il fit signe à un des gardes qui se trouvaient derrière lui à l'intérieur du château.

-       Allez me chercher Bertille et ramenez-la de force s'il le faut !

Le soldat fit un signe de tête et monta le grand escalier. Hermeline voulut parler, mais Aliénor lui prit la main pour l'arrêter et la réconforter.

Le soldat ne tarda pas à revenir seul.

-       Qu'est-ce que cela signifie ? demanda Garin au soldat
-       C'est que... Monsieur, la demoiselle semble bien mal en point. Elle est alitée.
-       Et alors ! hurla Garin.
-       Mais... je ne pouvais tout de même pas la faire descendre... elle ne tient pas debout !

Hermeline n'y tenait plus.

- Il a raison, ne le rudoyez pas Garin. Bertille se joindra à nous une autre fois.

Hermeline avait prononcé ses dernières paroles d'une voix mielleuse en veillant à adoucir son intonation.

Garin la considéra quelques instants, puis il dit en s'adressant au soldat qui attendait toujours.

- Hum... Bon, tout bien réfléchi, n'en faites rien. J'irai la voir moi-même tout à l'heure.

Tandis que le soldat reprenait sa place au pied de l'escalier, Hermeline poussait discrètement un soupir de soulagement, mais elle se demandait bien qui le soldat avait vu dans la chambre de Bertille !

Ils arrivèrent dans la salle des fêtes où la table avait été dressée. Hermeline réprima difficilement un mouvement de stupéfaction. Garin n'avait pas lésiné sur l'effet qu'il voulait produire devant Hermeline : des joueurs de flûtes, de rebec et de tambourin avaient été conviés pour agrémenter musicalement le souper que Garin avait préparé à l'intention de ces hôtes.

En cuisine, le grand écuyer s'affairait. Des pages étaient chargés du service à la place de Laudine et Nicolette. Chaque convive disposait d'un tranchoir.

Après un plat de courges, que Garin affectionnait par-dessus tout, les pages servirent un corps-marie, un paon rôti que Garin avait choisi sciemment ainsi qu'un gigot d'agneau cuisiné à l'ail et au safran. L'ensemble embaumait d'odeur agréable et variée de girofle, de cannelle, de gingembre, de safran, d'ail et de poivre.

Le vin était servi abondamment dans les pichets qui ne désemplissaient pas, les pages prenant soin de les remplir sitôt vidés.

- Bonnes ripailles mesdames ! dit insolemment Garin qui se délectait de l'effet qu'il venait de produire sur Hermeline. Vous voyez Madame, ajouta-t-il à son intention, que moi aussi je sais recevoir !

Au cours du déjeuner, Garin informa ses invités de son intention d'organiser un tournoi.

- La foire annuelle qui se tient actuellement dans la ville me semble être une très bonne occasion pour organiser ce tournoi, fit remarquer Garin à l'attention d'Hermeline qui garda le silence. Et puis, je compte bien, Madame, que votre fils y participera.
- Que voulez-vous dire ? sursauta Hermeline.
- Mais Odilon n'est-il pas un apprenti chevalier ?
- Et alors ?
- Et bien ne doit-il pas venir au secours de la veuve et de l'orphelin ?
- Je ne vois pas le rapport.
- Mais si, mais si, Madame, faites un petit effort. Je compte qu'Odilon viendra lorsqu'il apprendra que je vous retiens prisonnière dans votre propre château.
- Vous feriez cela ?
- Mais n'est-ce pas la vérité ?

Hermeline se tut et ce fut Aliénor qui prit la parole.

- Ne craignez-vous pas qu'Odilon préfère venir nous porter secours au château ?

- Comment le pourrait-il ? s'insurgea Garin en s'essuyant les mains et la bouche à la nappe. Le château est une forteresse bien gardée, nul ne peut y entrer sans être vu. Il aurait tôt fait de se faire arrêter. Et Odilon le sait. Non, je pense plutôt qu'il optera pour ce tournoi surtout si je mets en jeu votre vie Madame, termina-t-il en se tournant vers Hermeline

- Faites ce que vous voudrez, Monsieur, répondit celle-ci. De toute façon, mon fils sortira vainqueur de toutes les épreuves auxquelles vous le soumettrez. Et alors, il vous brisera comme je souhaiterais le faire moi-même si j'en avais le courage.

- Oh le courage vous l'avez Madame, mais c'est l'occasion qui vous manque ! ironisa Garin.

Hermeline se tut et tâta de sa main gauche la petite boite qu'Odilon lui avait remise lors de sa visite et qu'elle gardait toujours dans sa poche.

- Qui sait, Monsieur, une occasion, cela se crée.

Garin fut surpris par les derniers mots d'Hermeline. Il se méfiait de cette femme qui savait garder la tête froide quand il le fallait. C'était une adversaire à sa taille, malheureusement pour elle, la force était de son côté.

- Voyez Madame que je ne suis pas rancunier, enchaîna Garin, je vous ai promis une promenade il est temps maintenant de profiter de cette magnifique journée.

Ils se levèrent et s'engagèrent dans le jardin. C'était une belle journée de printemps avec un soleil franc qui inondait de ses rayons les magnifiques fleurs qui composaient le jardin du Château et dont les prémisses de bourgeons montraient que la nature commençait à sortir de sa torpeur hivernale. La température était de surcroît très agréable et sentir les chauds rayons lumineux tomber sur leurs épaules réchauffa le cœur des trois jeunes femmes.

Au cours de leur promenade, Hermeline repensa à cette personne que le soldat avait vue dans la chambre de Bertille. De qui pouvait-il bien s'agir ? Lorsqu'elle était descendue pour déjeuner, il n'y avait personne d'autre qu'elle dans la chambre, elle en était certaine. Or, cette personne ne pouvait être Bertille puisqu'elle s'était enfuie du château. Alors qui cela pouvait-il être ? Elle envisagea un instant la possibilité que, le soldat, qu'elle connaissait bien depuis de nombreuses années eût voulu l'épargner, mais si c'était le cas, il risquait la mort et il le savait bien. Or, Hermeline connaissait trop le genre humain pour savoir que personne ne prendrait un risque aussi grand pour un mensonge aussi petit ! Aussi, fallait-il que ce soit autre chose, il devait y avoir autre chose, mais quoi ? Bizarrement, alors qu'elle avait attendu cette promenade depuis si longtemps, il lui tardait de remonter de sa chambre pour avoir l'explication de ce mystère.

Distraitement, elle plongea la main dans sa poche et songea à cette petite boite qu'Odilon lui avait confiée. Le temps pressait maintenant de la remettre à Nicolette avec les instructions, comme Odilon le lui avait demandé. Seulement, les deux servantes n'avaient pas assuré le service au déjeuner et Garin était bien trop vigilant pour qu'Hermeline puisse s'éloigner de la table et donner quoi que ce soit à l'une d'elles sans se faire remarquer. D'ailleurs, elle n'avait aucune idée de l'endroit où étaient les servantes.

Aussi, Hermeline s'était bien gardée de le faire et avait continué son repas comme si de rien n'était en prenant soin de ne pas trop boire pour garder tous ses esprits. Ce que Garin lui avait dit corroborait les dires de son fils et il ne faisait plus de doute à Hermeline que Garin voulait leur perte. Il fallait donc agir vite.

Perdue dans ses pensées, Hermeline sursauta lorsqu'elle entendit la voix de Garin.

- Je dois prendre congé, Mesdames, dit celui-ci, mais continuez votre promenade sans moi.

Hermeline et Aliénor parurent surprises de cette bonté soudaine qui, à n'en pas douter, cachait sûrement quelque chose.

- Mais pourquoi nous quittez-vous ? demanda Aliénor. Ne craignez-vous pas que nous nous échappions ?
- Oh, non, rassurez-vous ! répondit Garin, deux de mes gardes vous auront à l'œil pendant toute la durée de votre promenade, vous serez ainsi en parfaite sécurité ! Pour ma part, je dois aller rendre une petite visite à votre fille Madame, dit-il en s'adressant à Hermeline. Son état, je l'avoue, m'inspire quelque inquiétude et je pense qu'il serait de bon ton que je la soutienne par ma présence.

Hermeline réagit immédiatement.

- Oh ! Je viens avec vous Garin.
- Non, Madame, j'y vais seul, répliqua Garin.

Sur ces mots, il reprit le chemin du château. Hermeline s'apprêtait à le suivre lorsque Adeline lui attrapa le bras.

- Ne faites pas cela ma tante ? dit-elle vous ne réussiriez qu'à le braquer davantage

- Mais, ne comprends-tu pas ? Bertille n'est pas dans sa chambre ! gémit Herméline.

- Je pense au contraire qu'il trouvera Bertille dans sa chambre, dit simplement Adeline

- Que veux-tu dire ma chérie ? demanda Aliénor

- J'ai observé le manège des deux servantes pendant le déjeuner et je ne serais pas étonnée que ce soit l'une d'elles que le soldat ait aperçue dans la chambre de Bertille.

- Quoi ? s'écria Hermeline. Mais ce que tu dis est très grave. Elles vont se faire tuer ?

- Je ne pense pas qu'il les tue, mais je crains que cela le mette très en colère.

- Tout cela est très ennuyeux ! soupira Hermeline.

- En quoi est-ce ennuyeux ? interrogea Aliénor de toutes les façons, il fallait bien qu'il découvre la disparition de Bertille un jour ou l'autre.

- C'est exact. Mais il n'était pas prévu que Nicolette et Laudine soient mêlées à cela.

Depuis leurs séquestrations, Hermeline n'avait pas eu le loisir d'échanger de longs propos avec Aliénor et Adeline. Elle profita donc de l'occasion, inattendue, qu'il lui était donnée et fit part à ses deux amies du projet esquissé par Odilon et de la poudre contenue dans la petite boite qu'elle devait remettre à Nicolette.

- Si cette boite ne lui est pas remise comme prévu, je crains que le plan d'Odilon n'échoue par ma faute.

- Je crois qu'Odilon a plus de ressources que cela déclara Adeline. N'a-t-il pas réussi à venir vous rendre visite au nez et à la barbe de Garin ?

- C'est ma foi vrai, admit Hermeline, mais cela peut contrecarrer tous les plans d'Odilon et je n'ai aucun moyen de le prévenir.

Elles arrivèrent au jardin sous la tonnelle et elles s'assirent sur les bancs en pierre installés là pour le repos des visiteurs. Hermeline se sentait inquiète, elle ne pouvait s'empêcher de penser à Garin qui devait être actuellement dans la chambre de Bertille. Que s'y passait-il ? Elle aurait bien aimé le savoir. Aliénor remarqua l'air soucieux de sa belle-sœur, elle tenta de la réconforter en apaisant ses craintes.

-       Ce qui compte pour le moment c'est qu'Odilon et Bertille soient en vie et en bonne santé, dit Aliénor d'un ton rassurant. C'est ce qui doit te soutenir et t'aider à supporter les moments difficiles que nous traversons actuellement. Dis-toi bien que rien ne peut nous arriver tant que tes enfants sont en fuite.
-       Ne vous en faîtes pas ma tante, ajouta Adeline. Maman a raison. Je connais bien Bertille et Odilon et je suis sûre qu'ils se sortiront très bien de cette épreuve.

Hermeline sourit.

-       Vos paroles me sont d'un grand réconfort et je vous en remercie. Mais tout de même, je suis inquiète sur les intentions de Garin et sur son insistance à voir Odilon participer à ce tournoi. Que va-t-il encore manigancer ?
-       Je suis d'accord avec toi, admit Aliénor. Je suppose qu'il veut se servir de nous comme monnaie d'échange.
-       Que veux-tu dire ? demanda Hermeline inquiète.
-       Notre vie contre celle d'Odilon. Nous serons en quelque sorte l'enjeu du tournoi : celui qui gagne remporte le lot, précisa Aliénor. Une façon comme une autre d'attirer Odilon dans le château.
-       Mais c'est affreux ce que tu dis ! s'exclama Hermeline.
-       Une fois Odilon capturé, je ne pense pas qu'il s'encombre de notre présence.

- Odilon n'a aucune chance contre Garin, dit Hermeline en s'effondrant en larmes.
- Odilon n'a aucune chance parce que Garin n'a pas assez d'honneur pour se battre dans les règles, corrigea Adeline. Il n'a pas réussi à l'attraper alors qu'il a mis tous ses hommes à sa poursuite. Il lui faut tenter le tout pour le tout. Mais je suis d'accord avec Maman, je ne crois pas qu'il ose tenter, pour l'heure, quelque chose contre nous tant qu'Odilon est dans la nature.
- Cela est très rassurant, notre vie ne tient qu'à un fil! ironisa Hermeline.
- Oui, mais un fil solide, un fil fiable, un fil fort. Un fil que tient Odilon entre ses mains et il ne nous laissera pas tomber, assura Adeline.

Aliénor considéra sa fille avec surprise.

- Tu es bien sûre de lui ma chérie. Et tu le soutiens avec tant de vigueur...
- C'est que... j'ai eu l'occasion de l'apprécier... répondit évasivement Adeline.

Aliénor, ne voulant pas épiloguer, préféra ne pas relever la réponse de sa fille.

- Ce qui m'effraie dans cette histoire poursuivit-elle, c'est que je ne trouve pas de solution pour nous sortir de cette toile arachnéenne. Pourtant, ces longues journées de solitude m'ont donné tout le loisir pour réfléchir. Mais le plan de Garin est si bien monté, si parfait, qu'il ne semble pas exister d'échappatoire.
- Un problème bien posé est à moitié résolu, renchérit Hermeline, qui à la grande surprise d'Aliénor, s'était ressaisie. Il y toujours une solution, il s'agit de la trouver.

Un soldat s'approcha d'elles et leur fit signe de le suivre.

- Il faut rentrer, Mesdames.

Les trois femmes, ne pouvant qu'obtempérer, se levèrent et se mirent en marche, avançant avec inquiétude en direction du château.

XXXXVII

Où Garin se méfie et où l'on découvre les douves du château

Garin avait regagné le château précipitamment curieux qu'il était de savoir ce qu'il allait trouver dans la chambre de Bertille. L'attitude d'Hermeline lui semblait bizarre. Quelque chose l'avait choqué sans qu'il ne puisse dire quoi. Aussi, lui tardait-il d'avoir le cœur net sur la santé de Bertille.

Il avait demandé aux soldats de ne pas quitter des yeux les jeunes femmes pendant son absence, d'épier leurs gestes et de lui rapporter chaque parole échangée. Il se doutait bien qu'il se tramait quelque chose derrière son dos, mais il ne savait pas de quoi il s'agissait. Cette absence de Bertille pendant le déjeuner l'intriguait.

Il gravit deux à deux les hautes marches en pierre du perron, emprunta le grand escalier jusqu'au premier étage et arrivé devant la porte de la chambre de Bertille, il s'arrêta net. Qu'allait-il se passer ? Qu'allait-il découvrir derrière cette porte ? Était-ce un piège monté de toutes pièces par Hermeline ? Ou bien Bertille était-elle vraiment malade ?

-       Je suis un fou se dit-il, Bertille ne peut avoir quitté le château celui-ci est trop bien surveillé. Et Hermeline n'oserait pas me jouer un mauvais tour, car elle sait ce qui lui en cuirait. La tension de ces derniers jours commence à me peser et je me mets à l'imaginer des choses impossibles.

Il tourna la clé dans la serrure : celle-ci émit un discret cliquetis. La porte était donc bien fermée. Il entrebâilla la porte et entra discrètement dans la chambre. Le silence y régnait. Depuis la porte on apercevait le lit de Bertille et il lui sembla qu'il y avait bien quelqu'un dans ce lit. Il avança donc bien décider à parler à Bertille.

- C'est une occasion magnifique pour moi ? se disait-il. Elle croira que je me fais du souci pour elle et je lui dirai que je viens m'enquérir de sa santé. Son jugement sur moi pourrait en être changé.

Arrivé tout près du lit, il se pencha et aperçut une tête recouverte jusqu'aux yeux par le drap. Ces yeux étaient fermés. Il se pencha en avant et se mit à murmurer :

- Bertille ? Bertille ? Tu m'entends.

Un simple gémissement lui répondit. Il insista.

- Bertille. C'est moi Garin. Je voulais prendre de tes nouvelles. Ta mère m'a dit que tu étais souffrante et je viens voir si tu as besoin de quelque chose.

En guise de réponse, il obtint un autre gémissement. Dans le lit, la forme remua légèrement. Il s'assit avec précaution sur le bord du lit et approcha sa main pour dégager la tête enfouie dans le drap. Mais il s'arrêta, car la forme gémit si fort qu'il sursauta.

-       Je ne veux pas te faire de mal Bertille, je veux simplement te parler. J'ai une bonne nouvelle à t'apprendre.

Il n'obtint toujours pas de réponse et n'insista pas. Il se leva, se dirigea vers la porte d'entrée s'apprêtant à se retirer. Pourtant, arrivé dans l'encadrement de la porte, il se ravisa, opéra un demi-tour et se dirigea brusquement vers le lit. Il agrippa brutalement les draps et d'un geste, brusque, il les tira hors du lit. Tremblant de peur, recroquevillée sur elle-même, il découvrit Nicolette allongée, pétrifiée, sur le lit.

-       Nicolette ? Mais que faîtes-vous là ? Où est Bertille ?
-       Je ne sais pas. Je vous supplie de me croire !

Nicolette avait été surprise de voir Hermeline descendre seule pour le déjeuner. Afin d'en avoir le cœur net, elle avait profité d'un moment d'inattention des soldats, tout à la surveillance d'Hermeline, Aliénor et Adeline pour monter jusqu'à la chambre de Bertille. Là, elle avait pu vérifier que Bertille n'était pas dans sa chambre.

Alors qu'elle s'apprêtait à redescendre, elle avait entendu du bruit dans le couloir et, en entrebâillant la porte, avait aperçu un soldat se diriger vers la chambre. N'écoutant que son courage et croyant ainsi rendre service à Hermeline, elle s'était glissée dans le lit dans le but de confondre le soldat, qui, en effet, ayant constaté la présence de Bertille dans son lit, n'osa pas la déranger et redescendit aussitôt en référer à Garin.

Une fois redescendue, elle fit part à Laudine de sa découverte et elles décidèrent de surveiller Garin tout au long de l'après-midi étant prêtes à agir s'il le fallait pour préserver les intérêts de leurs maîtresses respectives.

L'occasion ne se fit pas attendre lorsque Garin s'éclipsa et revint vers le château. Laudine et Nicolette quittèrent alors précipitamment leur poste d'observation et regagnèrent aussi vite que possible la chambre de Bertille : Laudine se cacha dans la chambre adjacente d'Hermeline, tandis que Nicolette reprenait sa place dans le lit de Bertille, prenant soin de remonter les draps au-dessous de ses yeux, attendant haletante la visite de Garin.

Celui ne tarda pas à apparaître et une fois entré dans la chambre, fut trompé, comme le soldat précédemment en voyant une forme dans le lit de Bertille.

Lorsque Garin s'était approché sans bruit du lit, Nicolette avait senti son cœur s'emballer et sa respiration se faire plus haletante. Elle avait serré les poings et n'avait pas bougé plus. Mais sûrement que le plan des deux servantes n'était pas parfait puisque Garin venait de le déjouer.

- J'en étais sûr ! Tu oses te moquer de moi ? Lève-toi immédiatement ! vociféra Garin.

Garin était fou de rage. Nicolette obtempéra sans broncher et se glissa hors du lit.

- Où est Bertille ? hurla Garin en secouant la pauvre Nicolette qu'il avait agrippée par les épaules.
- Je ne sais pas, je ne sais pas...
- Quoi, je ne sais pas. Quoi, je ne sais pas !
- Non, je ne sais pas...
- Ainsi, tu oses te moquer de moi ? Ne te trouves-tu pas dans le lit de Bertille ? Hein ?
- Si... Mais
- Mais quoi ? Il n'y a pas de, mais !

Il sortit de sa poche sa dague et la pointa sous le cou de Nicolette qui blanchit de peur.

- Je vous en prie, je vous en prie ! suppliait Nicolette.

C'est alors que Laudine, qui n'avait rien perdu de la scène, entra précipitamment dans la pièce en s'écriant.

- Non, non, arrêtez ! Arrêtez ! Par pitié, ne faites pas ça ! Bertille est partie !

Garin se retourna vers elle et lâcha son emprise sur Nicolette.

- Partie ? Comment ça partit ?

Laudine regarda son amie, quasi morte de peur. Elle était terrorisée et n'arrivait plus à parler. Elle tenta de s'approcher de Nicolette, mais Garin fut plus rapide, l'attrapa par le bras et pointant son couteau sur son ventre, l'agrippa par les cheveux.

- Mais c'est très intéressant ce que tu dis là ! Ainsi Bertille est partie ?
- Oui.
- Quand est-elle partie ? Où est-elle partie ? Vas-tu parler ou préfères-tu goûter à la lame de mon couteau ? ajouta-t-il, en joignant le geste à la parole et en dégainant son couteau de son étui, placé le long de sa ceinture sur sa taille et caché dans son dos.

Laudine, malgré tous ses efforts, ne réussit pas à articuler un seul son. Ce fut Nicolette, qui s'étant ressaisie, vint à son secours.

-       On ne sait rien. Je vous en prie croyez-moi! supplia-t-
elle.

Garin, rouge de colère, poussa Laudine sur le lit.

-       Oh! Et puis... Vous n'êtes que des servantes. Hermeline,
elle, doit savoir où est sa fille. Et elle me le dira. Dussè-je la tuer
pour le savoir !

Il appela ses gardes et ordonna que l'on ramène Hermeline et sa
famille immédiatement au château.

-       À nous deux maintenant, Madame! marmonna-t-il.

Ce faisant, il demanda aux gardes d'enfermer les deux servantes
dans une geôle à côté de celle de Raoul et descendit sur le perron
attendre de pied ferme le retour de la petite famille.

Celle-ci ne tarda pas à arriver. Hermeline, lorsqu'elle aperçut
Garin, les bras croisés sur le perron, eut un mauvais
pressentiment. Elle donna une tape sur le bras d'Aliénor.

- Je crains qu'il n'ait découvert quelque chose! lui murmura-t-
elle.

Elles gravirent les marches toujours entourées des gardes.

-       J'espère Mesdames, que votre promenade fut bonne.
-       Très bonne nous vous remercions Garin.
-       Tant mieux parce que vous n'êtes pas près d'en avoir une
autre. Arrêtez-les! intima-t-il aux soldats qui eurent tôt fait de
s'emparer des trois femmes.

-       Mais qu'est-ce que cela signifie ? interrogea Hermeline avec fierté

-       Oh ! mais vous le savez très bien Madame ! Je cherche votre fille. Avez-vous une idée de l'endroit où elle se cache ?

-       Ma fille ? Mais je vous ai dit qu'elle était malade !

-       Suffit ! Assez joué maintenant ! Votre fille n'est pas dans sa chambre et vous le savez très bien. Vous avez tenté de gagner du temps. C'est bien, mais vous avez perdu, Madame.

-       Je ne comprends pas !

-       Vous comprenez très bien au contraire ! Je suis allé voir votre fille dans sa chambre et savez-vous qui j'y ai trouvé ?

-       Non ? répondit sincèrement Hermeline soudain très inquiète.

-       Votre servante Nicolette à qui vous avez confié une bien dangereuse mission.

-       Nicolette ? répéta Hermeline stupéfaite du courage de sa servante.

-       Suffis, vous vous êtes assez moquée de moi. Mais vous avez oublié, Madame que Garin a un odorat hors du commun et le parfum de votre servante la trahit. Je connais celui de Bertille et il n'avait rien à voir avec l'odeur qui se dégageait du lit.

Hermeline resta muette. Ainsi Nicolette avait risqué sa vie pour sauver la famille. Hermeline savait que sa servante était d'une haute moralité, mais elle pensait que ce n'était encore qu'une enfant et jamais elle n'aurait imaginé que Nicolette fût capable d'un acte aussi courageux au mépris de sa propre vie. À cet instant, elle aurait aimé la prendre dans ses bras pour la remercier.

Garin toisait Hermeline.

-       Alors Madame je ne vous reposerai pas une autre fois la question : où est votre fille ?

Il promena son regard sur cette assemblée de femmes qui lui tenait tête.

-       Ma fille, Monsieur, fait ce qu'elle veut. Je ne sais pas où elle est. Mais j'ai la fierté de savoir qu'elle n'est pas entre vos sales mains !
-       Des femmes ? Vous n'êtes que des femmes et vous osez me défier ? Soit ! Puisque c'est ainsi, je vous ferai parler autrement. Je vais vous enfermer dans les douves humides de ce château où vous n'aurez que les rats pour vous tenir compagnie. Et je vous ferai mettre au fer et torturer, aussi longtemps qu'il le faudra, à tour de rôle, s'il faut. Mais vous parlerez, Madame, je vous le promets et vous me supplierez d'abréger vos souffrances. Et je vous jetterai en pâture à mes hommes, rien que pour les amuser et les distraire. Sachez que l'on ne se moque pas de moi impunément et que rien, vous m'entendez, rien, et surtout pas vous, ne m'empêcherez de mener à bien le plan que je me suis fixé.

Il fit signe aux gardes d'emmener les prisonnières et leur demanda de choisir les douves les plus humides, les moins confortables et les plus sombres.

Hermeline toisa Garin.

-       Quoi que vous pensiez des femmes, Monsieur, je vous prouverai que vous vous trompez. Jamais, vous m'entendez, jamais je ne parlerai dussè-je mourir. J'emporterai mon secret avec moi. Mais je suis certaine qu'un jour, j'aurai ma revanche.

Odilon me vengera. Et ce jour-là, que je sois morte ou vivante, croyez bien que je me réjouirai de votre déchéance !

Les soldats conduisirent les prisonnières dans le cachot les plus sombre et le plus humide du château où elles retrouvèrent Laudine et Nicolette.

Elles furent attachées par les poignets et les chevilles à des fers rouillés et blessants.

Hermeline eut juste le temps de tâter dans sa poche la boite de poudre que lui avait remise Odilon et qu'elle désespérait maintenant de pouvoir utiliser comme lui avait demandé son fils.

Table des matières

Tome 2 : La forêt